泣いたらアカンで通天閣

坂井希久子

祥伝社文庫

目次

わたしのお父さん

五年二組　三好千子

わたしの名前は、千子と書いて「ちね」と読みます。子供千人分くらい元気になるようにという意味らしいです。「センコ」だと変なので、お母さんが「ちね」にしてくれました。でもお母さんはわたしが三年生のときに、交通事故で天国に行ってしまいました。

だからわたしは今、お父さんとおばあちゃんの三人暮らしです。お父さんはラーメン屋をやっています。おじいちゃんがはじめた店で、お父さんは二代目ですが、お母さんが死んでしまってからはとてもまずくなりました。

　実はわたしは、お父さんのことが少し苦手だったのです。なぜかというとすぐにどなるし、体が大きくてガサツだからです。台所にゴキブリが出たときは、手でつかんで外に出しました。お父さんは「殺したらかわいそうやろ」と言うけれど、べつにつかまなくてもいいと思います。そんな手でラーメンを作ったら大変なので、わたしは「すぐ洗って」としかりました。

でも苦手の一番の理由は、わたしを「センコ」と呼ぶことです。そのせいでおばあちゃんも近所の友達も、本当の名前で呼んでくれません。わたしはすごくいややなぁと思っていました。

この間、わたしは風邪をひいてはじめて三十八度の熱を出しました。お父さんはオロオロして、救急車を呼びそうになっておばあちゃんにしかられていました。

わたしが風邪をひいたのは、お父さんの言いつけを守らずに夜ふかしをしたせいだと思います。お父さんはわたしの健康にうるさくて、寝るときは腹巻きを巻けとか、自分が子供のころにやけどをしたのでちゅう房に入るなとか言います。

「なんでなん？」

と聞いてみたら、

「親なんやからあたりまえや」

と言いました。

　いつもわたしとおばあちゃんにしかられてばかりなのに、お父さんはずっと寝ないで看病をしてくれました。それから、朝になるとおかゆを炊いてくれました。

　おかゆは底のほうが焦げていて苦かったけど、がまんして食べました。だって夜中に目がさめたとき、お父さんが手を握ってくれていてすごく安心だったから。わたしには一晩中起きているなんて無理なのに、親ってすごいんやなぁと思いました。

お父さんは顔がゲンコツみたいにゴツゴツしているので、みんなから「ゲンコ」と呼ばれています。こういうことがあってから、わたしは「ゲンコ」の娘やから「センコ」でええんかなと思うようになりました。今ではこの呼びかたが、あんまりいやではありません。

お父さん、あのとき看病してくれてありがとう。でもラーメンとおかゆくらいは、もう少しおいしく作れるようになってください。

泣いたらアカンで通天閣

一　三好家のこと

「おいコラ、ゲンコ！」

勢いよく引き戸を開けて踏み込んだ。レジの脇に座った辰代《たつよ》おばあやんが海亀のごとく首を伸ばしたが、寸胴鍋《ずんどう》がグツグツと音を立てる厨房は無人だった。カウンターと四人がけのテーブル席が二つあるだけの店内は、入り口からでも充分見渡せる。

「ああ、もう。やっぱりおらへん！」

トイレの中まで確認して、千子は頭を掻《か》きむしった。居住部への上がり口に、賢悟《けんご》の白い長靴と厨房服が脱ぎ捨てられている。やっぱり、さっきのは見間違いじゃなかったのだ。

「おばあやん。ゲンコ、また遊びに出よったやろ」

千子に詰め寄られてもおばあやんはしれっとして、「空気ガム」を噛み続けている。クッチャクッチャ、クッチャクッチャ。まるで妖怪か猿の置物のように、そこから動こうとは決してしない。

「通天閣のてっぺんから見えてん。ゲンコがゴルフバッグ背負って、ツレコミの車に乗り込むのんが」

「通天閣、行ってきたんか」

おばあやんの眠たそうな目が、すべてを見通す森の賢者のようにも見えるのはこういうときだ。

「そ、そうやけど」

千子は軽く視線をさ迷わせた。おばあやんは時々、ものすごく鋭い。

「そんなことより、ゲンコやって。信じられん、あの男。平気で店ほっぽって、あんなんで客商売が務まるか！」

寸胴鍋が煮えているところを見ると、さしもの賢悟もスープだけは仕込んで、あとはおばあやんにお任せとばかりに出ていったらしい。だがこの置物のようなおばあやんは、恐ろしく反応が鈍いのだ。客が来てもなかなか立ち上がらず、どうにかラーメンが出来上がっても麺は茹ですぎ、スープも冷めきり、ただでさえ「まずい」と評判の店なのに、客足はますます遠のいてゆく。

「はぁ」千子は腹の底からため息をついて、首の後ろを掻いた。どんなに怒り狂っても、おばあやんが泰然とクッチャクッチャしているだけなので張り合いがない。ショートカットの襟足《えりあし》が、汗で肌に貼りついていた。真夏でもうなじが抜けるように白い。

その色の白さと持って生まれた容貌で、千子は人目をよく引いた。だがワードローブはTシャツとダボついたジーンズかチノパン、会社に行くにもパンツスーツがほとんどで、セックスアピールにはやや欠ける。今もモテない女が着るというボーダーシャツにチノパン姿で、整った顔をしかめて店舗の片隅を指さした。

「ところでおばあやん、あそこに置いたぁった段ボール、どこ行ったん？」

「知らん」

「知らんわけあらへん。電器屋さんが朝イチで持ってきてくれたやつ。おばあやんもおったやろ」

ちょうど千子が通天閣に出かけようとしていたときに届いた荷物だ。受領書にサインをして、「そこに置いといてください」と壁際に立てかけてもらった。

今日は七月三十一日。賢悟の、五十四回目の誕生日である。

「薄型テレビの箱やで。ホンマにおばあやんは、なんも知らんな」

邪魔になるから、賢悟が家の中に運び入れたのかもしれない。店の奥ののれんを分けるとそこは靴脱ぎになっていて、正面に居間兼おばあやんの寝室のガラス戸、右手には二階へと続く階段がある。

「どこにもないやん！」

家中くまなく探した千子は、愕然《がくぜん》と立ち尽くす。ものすごく嫌な想像に、行き当たってしまった。

「なぁ、おばあやん。ゲンコのゴルフバッグって、『かめや』に預けてへんかったたっけ？」

「知らん」

賢悟が肩に背負っていた白いゴルフバッグ。おばあやんに聞くまでもなく、あれはお向かいにある質屋、「かめや」に入れてあったものだ。

賢悟は「かめや」の経営者が昔馴染みなのをいいことに、いつもゴリゴリの無理を押し通している。くだんのゴルフバッグも使うときだけ請け出して、しかも質料を払わず代替品で済ませようとするのだ。つまりあのゴルフバッグを賢悟が持っていたということは、身代わりのなにかが質入れされたというわけで——。

「ウソやろ」

こめかみあたりが、カッと熱くなった。

あんの、阿呆《あほう》。甲斐性ナシのロクデナシ。ちゃらんぽらんの、こんちきちんの、粗忽《そこつ》モンの、デベソで水虫ゲンコ！

あの男の娘を二十六年もやっているのが、つくづく嫌になる。

「おばあやんのアホ！　なんで止めてくれへんかったん」

おばあやんに八つ当たりをしてもしょうがない。千子はスニーカーの踵《かかと》を踏んで、「かめや」に向かって駆け出した。

質屋の「かめや」には、昔ながらの奥ゆかしさが今もなお残っている。質屋通いが恥ずかしいものだった時代のまま、入り口は衝立《ついたて》状に張り出した壁に隠されて、「質」の看板は用向きがないかぎり目に留まらぬよう、ひっそりと揚げられている。ショーウィンドウいっぱいにヴィトンのバッグを並べて『大売り出し』の赤札を貼ってあるような、そんな下品な店ではないのだ。

すんまへん、これ、おいくらになりますやろ。嫁入りのとき、お母さんが仕立ててくれた晴れ着なんですけど。あれ、それっぽっち、坊やのミルク代にもならしまへん。後生ですからどうか、わたしら母子を助ける思て、都合したってくれまへんか。

そんなふうに面やつれした母親が、ぐったりした赤ん坊を抱えて交渉していそうだ。ようするに、陰気なのである。「もらったバッグ売っちゃお」感覚の客は、この店にはまず来ない。

「なぁ、オッチャン。ウチのゲンコ、来たやろ」

強化ガラスの向こう側で、店主の亀田保《かめだたもつ》がのっそりと顔を上げた。

まるで囚人の面会所だ。防犯のために客と店主の間は強化ガラスで仕切られて、手元にあいた穴から物品のやり取りができるようになっている。品物が大きければ保がスチールドアを開けて出てくるが、そうでなければ始終ガラス越し。差し入れでも持ってきたような気分にさせられる。

保の顔が不鮮明に見えるのは、ガラスが曇っているせいではない。この人にはもともと鮮明な印象がないのだ。表情に乏しく、いつも口をすぼめてうつむいている。顔を上げたら上げたで、喉元にある大きなホクロの真ん中からひょろりと毛が一本。長いのが生えているものだから、そこにばかり注目してしまう。今も千子は保の顔より、エアコンの風になびくホクロ毛が気になってしょうがない。

「あっ、それやん。その段ボール。返してんか」

保の背後に二十六インチ薄型テレビの入った段ボール箱が、所在なさげにたたずんでいた。日本橋《にっぽんばし》の電器屋から一般家庭に運ばれて、すぐさま質に入れられたのでは、いかにテレビといえどやるせないだろう。

「返せ、言われてもなぁ」

保は間延びした口調で、顎《あご》をしごきながら首を傾げる。

生まれながらの宿命のごとくこの椅子に座ってはいるが、保は亀田家の入り婿だ。とはいえ百五十年の歴史を誇る「かめや」ののれんを、もう三十年も守り続けている男である。どんな嘆願《たんがん》も陳情《ちんじょう》も、「さぁなぁ」「せやけどなぁ」「どやろなぁ」の三語で右から左と受け流し、決して聞き入れようとはしないのだ。

「オッチャン。それな、わたしが買《こ》うてん。今朝、届いたばっかりなんやわ」

「さよか」

「ゲンコが勝手に持ち出してしもてな。またゴルフセット入れさすし、それ、返して」

「そら大変やなぁ。せやけど、こっちも商売やしなぁ」

「無理は承知やん。でも、長いつき合いやろ。なぁ、お願いします」

「うーん。あ、ちょっと待って」

キャスター椅子に座ったまま、保はカラカラと移動して、コンポのCDを取り替えた。BGMが、ディープ・パープルからクイーンに。これだけは保の趣味らしく、この店にはいつ来ても、七〇年代の音楽がかかっている。

「で、なんやっけ？」

保お得意の「のらりくらり戦法」に、ずぶずぶとはまってゆくのが分かる。この町の人間はみんな気が短いから、この泥沼に誘い込まれるとたいてい負ける。それは千子も例外ではなく、「もうええわ」のひとことが喉元まで出かかっていた。

「なんや、やいのやいのゆうてる思たら、センコちゃんか」

危ういところで救われた。「奥ゆかしい」入り口から店に入ってきたのは、保の妻、典子《のりこ》である。今日も咆哮《ほうこう》する虎がプリントされたTシャツに豹柄《ひょうがら》のスパッツという、信じがたいコーディネイトだ。

「は、テレビ？　センコちゃんが買うたばかりのやつを、入れよったんか。アイツはすぐに、人のモン売りよるな」

事情を聞いて典子は大げさなくらい顔をしかめた。典子は賢悟と同い年で、小・中学校も同じである。当時の「かめや」は今よりずっと繁盛していてこのへんの顔だったから、総領娘の典子は豊富に買い与えられた玩具を、賢悟に盗られたり売られたりという嫌な思い出に事欠かない。

「典子をワシに押し売りしたんも、アイツやしなぁ」

「なんやて？」

「いや、なんも」

妻には頭の上がらない保が、口の中でもごもご言う。こちらは賢悟とは、高校の同級である。

「でもそっかぁ。センコちゃんの、テレビかぁ」

そう言いながら典子は、眼球をきょろりと一周させた。なにごとかを企むときの、彼女の癖だ。

「かわいそやとは思うけどな、でも、ものの道理としては、一回質入れしたモンは、それなりのモンを払わんと請け出されへんわけや。センコちゃんが払ろてくれるんなら、今すぐ持ってってええで」

「いくら？」

「利子込み込みで、四万八千円」すぐさま答えたのは保だ。

「夕方、ゲンコに来させる」

「そうしぃ。ああそれと、あの邪魔臭いゴルフバッグはもう引き取らんから。ウチを物置代わりにするなって、ゲンコにゆうといて。あいつに、ちょっとお灸《きゅう》すえたろやん。な」

「分かった。任しとって」

典子の思惑《おもわく》をなんとなく悟り、千子は頷《うなず》く。やったろやないの。ゲンコをちょっとばかし、いわしたろやないの。

「ほなウチ、行ってくるから。あとよろしく」

話がつくと典子はコーチのバッグをかけ直し、保に向かってヒラヒラと手を振る。外から帰ってきたのではなく、これから出かけるところだったらしい。この店の二階と三階は亀田家の居住部になっていて、そちらの玄関は外階段を上がった二階にある。典子は「行ってきます」を言うために顔を出したのだ。

「また朝日劇場かいな」保の問いかけは弱々しい。

「もちろん。順サマが来とるんやもん」

「あだだだ。なんやろ、頭が割れるようや」

「アスピリン飲んどき。ほな、行ってきます」

頭を抱えて苦しむ保に、お愛想ていどに手を振って、典子はさっさと行ってしまった。ミーハーな典子が今ハマっているのは、天才女形ともてはやされる鳴海《なるみ》順之助《じゅんのすけ》だ。十八歳にして大衆演劇鳴海座の座長。順サマの流し目を最前列で受け止めるために、典子は朝日劇場に日参している。

典子が行ってしまうと、保はケロッとして帳簿をつけはじめた。残念ながら、彼の仮病が典子に通じたことは、一度もない。

コンポからは、I was born to love you と歌い上げるフレディー・マーキュリーの声が垂れ流されていた。君を愛するために生まれてきたんだ。けれども、浪花《なにわ》節で育った典子にそんな想いが通じるはずもなかった。

「オッチャンも、大変やね」

「アンタもな」

奔放な父と妻を持つ者同士、千子と保は互いに憐《あわ》れみ合った。


毎年のことながら、七月三十一日は、厄日だ。賢悟に関して、ろくな思い出がない。はじめて一人で焼いたケーキを、「木炭か？」とバカにされて泣いたのもこの日なら、「早く帰ってね」と頼んだにもかかわらず、待てど暮らせど帰ってこなくて爪を噛みながら寝たのもこの日だ。

なかでも、一九九九年は大騒ぎだった。前日の三十日に飲みに出た賢悟が、誰からかノストラダムスの大予言を聞きつけてきたのである。

「知っとるか。一九九九年の七の月に、恐怖の大王が降りてくんねん。ちゅうたらもう、一日しかないやないか。確実に、明日やないか」

千子は当時、十三歳だった。布団に入っているところを叩き起こされ、「なにゆうとんじゃ、このオッサンは」と呆れたが、恐慌をきたした賢悟に理屈は通用しなかった。

「センコ、避難すんぞ。今すぐ荷物をまとめぃ」

「避難て、どこへ」

「山！」

「なんでやねん」

「知らんけど、高いとこおったほうがええ。早よせぃ！」

家の前には、ツレコミから借りてきたらしい車がアイドリング状態で停まっていた。千子は助手席に押し込まれ、しばらくおばあやんと押し問答をしていた賢悟も、舌打ちをしながら運転席に乗り込んだ。

「おばあやんは？」

「どうせ死ぬならここがええゆうて、動かん」

「他のみんなは？」

「誘ても『アホか』ゆうて笑うばっかりや。あとで吠え面かくなよ」

人類が滅亡するんなら、「あと」もなにもないやろ、と思いながら千子は目を閉じた。カーステレオからは、ケイ・ウンスクが流れていた。去っていった男を呪う、湿っぽい歌だった。ツレコミの趣味やろか、と思ったことを覚えている。

次に目を開けたとき、車はスカイラインを走っていて、結局その夜は生駒山《いこまやま》山頂で夜を明かした。その事件は、今でも町内のお笑い種《ぐさ》だ。

「あんとき、ゲンコはセンコちゃんだけ連れて逃げよったなぁ」

「せやけど、昼には腹空かせて下りてきたんやろ」

「食料も持たんと行きよったんか」

「しかも途中でガス欠んなって、ＪＡＦ呼んだらしで」

「アホや、アホ。自分らだけ助かろうとするからや」

賢く悟ると書いて、賢悟。完全に名前負けである。ゲンコというあだ名のほうが、短絡的で喧嘩っ早い彼にはぴったりだった。

「今年もやっぱり、ケチがつきよる」

ぼそりと呟《つぶや》くと、おばあやんが首を伸ばし、「なんて？」と聞いた。千子が「かめや」に交渉して戻ってくるまでの間、おばあやんはぴくりとも動いていない。

「やっぱりゲンコは、ロクデナシの星の下に生まれよったんやな、ってこと」

分かっているのかいないのか、おばあやんは「ふん」と曖昧《あいまい》に頷いて、なにも入っていない口をもごもごと動かした。これでも昔は大料亭の「こいさん」だったというのだから、人間というのは分からない。

「店、開けよか」

千子は賢悟にならい、店内の南に据えつけてある神棚に向かって柏手を打った。お供えの榊《さかき》も水も、新しいものに取り替えられている。まったく賢悟は、こういうところだけはマメだ。

赤地に白で、「味《み》よし」と染め抜かれたのれんを、入り口にかけた。太陽が真上に昇り、日差しが無数の棘《とげ》になって降ってくる。今年の夏は、異常気象と言われるほど暑い。そんななか熱々のラーメンを、それもまずいと噂の「味よし」に、食いに来る客がいるのだろうか。賢悟はいつだってこの調子だから、味の研究はもちろん、営業努力もなにもない。

しかもここは、北詰通《きたづめどおり》商店街。新世界の北の端っこにある、住人以外ほとんど人が通らないような横丁だ。通天閣より南側は近年のレトロブームに乗って串カツの街として生まれ変わり、夏休みでさぞ大賑わいだろうが、そのおこぼれがこっちまでは回ってこない。北の、どん詰まり。まさに名前どおりの町だった。

千子は日焼け止めを塗り直してから、バケツに水を張って表に出る。肌が弱く、ちょっとでも油断すれば日差しに負けてしまう。そんなやっかいな夏の射光も、柄杓《ひしゃく》からほとばしる水滴を透かせばキラキラ輝く虹になった。美しきもの、よきものは、ただそれだけでは成り立たない。

チノパンのポケットがカサリと鳴った。中に突っ込んであるおみくじの文言が、千子の頭にふっと浮かぶ。

『ラブ運：ええなと思った人は既婚者やったりと、ツイてないで。不倫の恋もアカンな』

通天閣の五階展望台にある、ビリケン神社のおみくじだ。このところいつも星一つのミニミニラッキーばかり引くから、すっかり覚えてしまった。とんがり頭のビリケンさんが「気にせずいこ」と微笑んでいるイラストつき。アメリカで生まれた神様のくせに、ビリケンさんにはなぜか大阪弁がよく似合う。

そんなこと、ゆわれんでも分かってるんやけどなぁ。

「ひゃっ！」弱々しい悲鳴に、千子はハッと我に返った。

お隣の乾物屋のばあちゃんが、爪先立ちでプルプルしている。ばあちゃんが一歩踏み出そうとした先へ、千子が水を撒《ま》いてしまったのだ。

「ごめん、ばあちゃん。濡れへんかった？」

「へーき、へーきや。センコちゃんこそ、暑いのに精が出るねぇ」

乾物屋のばあちゃんは、にこにこと人当たりがよい。「味よし」の先代、つまり賢悟の父親がここに店を構えたときにはすでに、お隣で乾物屋を営んでいたそうで、町でもかなりの古株だ。性格に比例して全体的に丸っこい印象である。

「ばあちゃんちの前も、ついでに撒いとこか。涼しなんで」

「ほなら、お願いするわ。あんがと」

「暑いし、体気ぃつけてな」

「わたしはええんやけど、じいさんがねぇ。腰が痛いの、目が弱ってきたのとうるそうて」

ばあちゃんは「味よし」と自宅の間、人一人がやっと通れる隙間に入ってゆく。正面のシャッターは五年も前から閉まっていて、もはや錆《さ》びついて開かない。老夫婦しかいない店はとっくに廃業しているが、それでもまだ「乾物屋のじいちゃん、ばあちゃん」で通っていた。

ここではそんなふうに、家業にちなんだ呼び名が多い。たとえばツレコミは通りの東端にある連れ込み旅館「萩屋《はぎ》」のオーナーだし、成人向け雑誌のおかげで糊口《ここう》がしのげている「村上《むらかみ》書店」はエロ本屋。クリーニング店「ジャンボ」は語呂をもじってシャボンであり、米屋「ひろせ」は店主の頭の形からインディカ米、乾物屋の隣にある「日野理容」に至っては「髪切りの亭主」略してK・Tで、もはや原形を留めていない。シャッターの目立つ寂れた商店街の生き残りだけあって、どこもかしこも個性派揃《ぞろ》いだ。

こうして外で作業をしていると、馴染みのオッチャン、オバチャンたちが、「センコちゃん」「こんにちは」と声をかけてくれる。こういうとき千子は、足の下に太い根っこのようなものを感じるのだ。ここは千子を育んだ町。ちょっとやそっとの傷なんか、根っこが養分を吸い上げて、たちどころに治してくれる。そんな足場もなく育ってしまった人は、いったいどうやって強くなればいいのだろう。

路地と空き地を挟んだ先のマンションから、華奢《きゃしゃ》な少年がフラリと出てきた。光ハイツという名前ながら曇天色の外壁をさらしているそのマンションに、最近越してきたようだ。どこから来たのか親は誰か、少年の素性を誰も知らない。小学校の二、三年生だろうか。剣先スルメを口に咥《くわ》え、コリコリした膝小僧がいかにもはかなげだ。

「こんにちは」

こちらから声をかけても少年は、千子の前を素通りして「かめや」の隣のコインランドリーに入っていく。

時代の風と不況の波に揉《も》まれまくった北詰通商店街は、空き店舗の土地を買い上げてウィークリーマンションが建ったり、古くからあるマンションも値崩れし、半端な流れ者にはちょうどいいねぐらになってしまった。ここ数年特に、聞きなれぬ外国語をよく耳にする。

彼らのような根なし草が、どうして枯れずにいられるのか、千子には不思議だった。あるいは枯れないために転々として、なにかを探しているのだろうか。

だがこの町での生活は、ただ飯を食って寝ればいいというものではない。粘っこいお節介を受け入れる一方で、なんらかの献身が求められる、小さくて面倒臭い世界だ。新顔が入ってくると、町の人は冷静に観察する。相手の度量や、人情といったものを。この町による無言の審査に合格しないかぎり、彼らは一生「生活者」にはなれないのだ。

千子も無意識のうちに、少年を目の端で追っていた。コインランドリーに踏み込んだ少年はドラムの中を覗き込み、回転が止まっているのを確認すると扉を開けた。洗い上がったばかりの洗濯物を引きずり出す。汚れた床に衣類が散乱してゆくのを見て、千子はバケツを放り出した。

「なにしてんの、アンタ！」

見知らぬ女に肩を摑まれて少年は口からスルメを取り落とした。ゴムの伸びきったパンツを手に、ぽかんと千子を見上げている。知らない大人に怒られたのは、きっとはじめてなのだろう。

「これ、アンタんちの洗濯物？」

千子が畳みかけると少年は、ハッと正気を取り戻し、「放せや、ババア！」と暴れだす。子供とはいえ本気の抵抗だから、取り押さえるほうも必死だ。千子はまたたく間に汗だくになった。

「よそんちのなら、ここで待ってて謝んなさい。なんでこんなイタズラを、アイタッ！」

少年に容赦なく向こうずねを蹴り上げられた。力がゆるんだ隙に少年は、千子の腕からするりと抜け出し、白いパンツを握ったまま全力で逃げる。

「待て、クソガキ！」

追いかけようにも、蹴られた右足に力が入らなかった。すねを押さえてしゃがみ込むと、足元に薄汚れた衣類が散乱している。

「んもう、なんでこんなことを」

誰のものだか知らないが、このままにしておくのはあまりに不憫《ふびん》だ。千子は散らばった衣類を拾い集めて洗濯機に押し込むと、ポケットから小銭を出し、運転ボタンを押してやった。

「どないしてん」

転がっていたバケツを拾い、足を引きずりながら店に戻ると、おばあやんがレジの脇に座ったまま首だけを伸ばした。

「どっかの男の子が、でっかいパンツ盗んでってん」

少年が盗っていったのは、同じ下穿きでもパンティとかショーツとか呼べるものではない。おばあやんも似たようなものを穿いていて、曰く「ズロース」というやつだ。

「なかなか、渋い趣味持ったぁる」

おばあやんは口元の皺《しわ》を増やし、嬉しそうに笑った。愛想なしのくせに、下ネタだけは好きなのだ。

「あーっ。やっぱり青タンなってる」

チノパンの裾をまくり上げ、千子は嘆いた。肌の白さがとりえなのに、少年に蹴られた向こうずねは、すでに青黒く変色していた。

七月三十一日は、やっぱり厄日や。

千子は痣《あざ》にオロナインをすり込み、やりきれない気持ちを吐息に乗せて吐き出した。


「オ、カ、エ、リ、ナ、サ、イ」

微笑すらたたえて出迎えた千子に、のれんを分けて入ってきた賢悟が、ぴくりと肩を震わせる。ゴルフ用の黄色いポロシャツに、クリーム色のスラックス。もともと浅黒い肌は、鼻の頭と頬骨の高いところが日に焼けて赤く光っていた。

「お、おう。なんや、センコか」

「他に誰がおんねん」

「一瞬、芙由子《ふゆこ》かと」

に、許さない。

それでも千子は仁王立ちのまま、腕を組んで泰然と構えた。今日ばっかりは、ぜったい

身長百九十近い大男の賢悟とは、真正面に対峙するとうんと見上げるかたちになる。

「会社の創立記念日。毎年ゆうてるやん」

「ちゅうかお前、仕事は」

「酔うてんの？」

「ほな、ワシはこれで」

あとに続こうとしていたツレコミこと佐々木成満《ささきみつる》が、回れ右をして店の前に停めたレクサスに戻ろうとする。経験豊富な古強者《ふるつわもの》だから、千子の静かな怒りをいち早く察知したのだろう。

「まぁまぁ佐々木のオッチャンも、ラーメン一杯食べて行きや。不肖の父が、いっつも世話になっとることやし」

還暦を迎えてますます脂ぎっているツレコミは、かりゆしシャツに薄桃色のスラックス、首にはスカーフなんぞを巻いて、なかなかの伊達男である。その上葉巻が好きときているから、まるでリゾートスタイルのイタリアンマフィアだ。ガタイのいい賢悟と連れ立って歩けばもはやその筋の人にしか見えず、人の波がモーセよろしく二つに割れる。

だがそんなツレコミですら千子の迫力ある笑顔を前にすると、「へぃ」と従ってカウ

ンターの丸椅子に腰掛けた。

「ほらゲンコ、お客さん。早よラーメン作り」

「おまっ、親に向かってなんちゅう言い草や」

「ラーメン作るんがアンタの仕事。いつからゴルファーに転職したん？」

「こわっ。目が笑っとらん」ツレコミが自分の肩に口を寄せて呟く。

ツレコミがおののくくらいだから、さしもの賢悟も不穏なものを感じ取ったらしい。素直にカウンターを回り込んで厨房に入り、卵麺をひと玉、煮立った寸胴鍋に投げ入れた。

麺を茹でる間にラーメン鉢を出して、醬油ダレをひとすくい。足元の冷蔵庫からチャーシューやらメンマやらのタッパーを取り出し、負い目があるものだから黙々と作業を続ける賢悟に、千子は笑顔を崩さぬまま尋ねる。

「ゴルフ、ええスコア出た？」

「なんでそんなこと聞くねん」

「べつに。『かめや』にクラブ預けっぱなしやったから、ろくに練習でけんかったやろと思て」

問題の白いゴルフバッグは、入り口近くに放置されている。千子はそのあたりを眺めて、「あれぇ」と、すっとぼけた声を出した。

「そういや、あのへんに置いたぁった段ボールがないわ。ゲンコ、知らへん？」

「なんのこっちゃ」

「段ボール。液晶テレビが入ったやつ」

「知らん」

賢悟はタイマーを見て、タレを入れた鉢に豚骨ベースのスープを注ぐ。その上にドロドロの背脂をこれでもかというほど漉《こ》し入れると、すかさず網を上げて威勢よく麺を湯切りした。

「ホンマに知らん？」

「しつこいな。テレビなんか、居間にあるのんで充分やろ」

「でも、店にと思って。おとうちゃん、不便そうにしとったやん」

千子はカウンターの上を指さす。かつては小型のブラウン管テレビが収まっていた棚が、地デジ化以来ずっと、がらんどうになっていた。

「せっかく買うたのに、どっか行ってしもたんは残念やなぁ」

賢悟は不自然なくらい丹念に湯切りをしている。顔に汗が浮いて黒光りしているのは、蒸気の上がる厨房に立っているせいだけではないだろう。麺を鉢に移そうとしたとき、千子はとどめの一撃を見舞った。

「でもゲンコ、お誕生日、おめでとう」

ぼちゃん。麺が網からダイブして、スープを派手に撒き散らす。

「あ、ああ、ありが、とう」

声が震えている。脂でギトギトになった鉢をツレコミに押しつけると、賢悟はスラックスの尻で手を拭き拭き、カウンターから飛び出した。

「アカン、こうしちゃおれん」

わざとらしく時計を仰ぎ、慌てたようにゴルフバッグを担ぐ。

「『かめや』が閉まる前に、これ入れてこな」

しらじらし。千子は外に飛び出す賢悟を、手を振って見送った。一連の騒動をよそに、おばあやんはレジ脇の定位置で、こっくりこっくり舟をこいでいる。ツレコミがラーメンをひと口すすり、「うっ」とうめいた。

「なぁ、センコちゃん。ここのラーメン、さらに脂っこくなってへんか」

「脂っこいのにコクはない、それがゲンコのラーメンです」

千子は小気味よく、音を立ててビール瓶の栓を抜く。

「お、ありがとう」

差し出されたグラスを受け取り、ツレコミは千子のお酌にまなじりを下げた。ここ数年でロマンスグレーに変色した口ヒゲを泡まみれにして、「くぅ〜」と気持ちよさそうに唸《うな》る。

「センコちゃんは、ホンマ芙由子さんに似てきたなぁ。さっきの回りくどい怒りかたとか」

「せやろ。だから、ゲンコはわたしに弱いの」

「おお、こわ」

ツレコミはくりんと目を回して首をすくめた。こういう軽く日本人離れしたアクションが、バタ臭い顔にはよく似合う。

時代がかった言いかたをすれば、千子の母親である芙由子は賢悟の永遠のマドンナだった。

なにしろ初恋の人である。中学の入学式でたまたま目が合ったというだけで舞い上がり、とはいえ三年間で交わした会話は「おはよう」のひとことという意外な純情っぷり。当時のアルバムを開けば賢悟はいまだに大はしゃぎをする。

「ほれ、見てみぃ。あのころ芙由子はテニス部のキャプテンでな。よう日焼けしとるから、インド美人みたいやったど。かわいらしやろ」

悲しいかな学力の差で同じ高校には行けず、しかも芙由子は東京の大学に進学し、そのまま就職してしまった。だが転機は二十七歳のときに訪れる。大手新聞社で働いていた芙由子が、激務から体を壊して大阪に戻ってきたのである。そこからは典子に言わせれば「ほとんど執念」で、賢悟は十二歳からの片思いを成就させた。芙由子のマドンナ力もさることながら、たった一人を想い続ける賢悟の思い込み力も人並みはずれたものがある。その芙由子に目鼻立ちがそっくりな千子に、賢悟が強く出られるはずもない。

ツレコミの箸が止まっているのを見て、千子はメンマだけを皿に盛ってやった。ツレコミはありがたそうに、メンマをアテにビールを飲む。昔はすき焼き鍋に残った牛脂のかたまりを好んで食べるような人だったのに、まだまだ男盛りのように見えて、この人も年を取ったのだ。

「芙由子さんがおったころは、先代の味を、よう守っとったのになぁ」

「おじいやんは、おかあちゃんにしか秘伝の味を伝えへんかったから。まさかおかあちゃんがあんな早よう死ぬなんて、誰も思わんもん」

「信用されてなかったんやな、ゲンコは」

「そらそやろ。わたしがおじいやんでも、あいつにだけは教えへん」

　賢悟が開けっ放しの引き戸から、猛烈な勢いで飛び込んできた。背負ったゴルフバッグの中でクラブ同士がぶつかり合い、騒がしく鳴っている。

「たいへんや、たいへんや」という呟きは、無意識のうちに出ているのだろう。典子にゴルフバッグの引き取りを断られて、泡を食っているのだ。

　賢悟は奥ののれんをくぐり、階段を駆け上っていった。

「なにやっとんじゃ、ありゃ」

「せやな、あと二往復くらいするかな」

　典子もいいかげん、賢悟から貸付金と利息を回収したかったのだ。でも、払えと言って素直に応じる賢悟ではない。そこで千子とタッグを組んでの、挟み撃ち作戦だ。質料をそっくり払うか、相応に価値のあるものと引き換えないかぎり、あのテレビは返してもらえないだろう。自業自得、ということだ。

騒々しい足音を立てて、賢悟が二階から転がるように下りてくる。脇に抱えているのは、どこから発掘したのか、北海道土産の木彫りの熊だ。そんなもんが質草になるかいなと呆れる千子に、賢悟は駆け足のまま怒鳴った。

「厨房に入るな。危ないやろ」

「はいはい」

千子はおざなりに返事をして厨房を出る。ホンマに、どうしようもない父親だ。身勝手でデリカシーのない賢悟には、さんざん振り回されてきた。なんでおかあちゃんの代わりにこの男が死なんかったんやろと思ったことも、一度や二度ではない。おかあちゃんさえいれば、店も、なにもかも、うまくいっとったやろうに。

「オッチャン。まだ飲むやろ？」

瓶ビールの栓をもう一本抜いてから、千子はツレコミの隣に並んで座った。

「お、悪いな」

「なぁんも、悪いことあらへん。ウチの店主を一日連れ回したぶん、たっぷり飲み食いしてってもらうから」

「はは。ちゃっかりしたぁるわ」

「ちゃっかりついでに、わたしも一杯もろてええ？」

ツレコミは苦笑しながら、千子が手にしたグラスを満たしてくれた。子供のいない彼は、千子に甘い。芙由子が突然の事故で他界したときも、嘆き悲しむばかりで使いものにならない賢悟の代わりに、千子の頭を撫でてくれたのがこの人だった。

「オッチャンがおとうちゃんならよかったのになぁ」

「今からでも、養女になってくれてかまわんで」

「あっちゃっちゃ〜」賢悟が奇声を発しながら戻ってきた。

木彫りの熊は案の定、典子に一蹴されたのだ。再び二階に駆け上がって、ガッタンバッタンと、金目のものを物色している様子である。

「なにがしたいんじゃや、あいつは」ツレコミが怪訝《けげん》そうに顔をしかめた。

娘からの誕生日プレゼントを取り戻すため、賢悟は血相を変えて駆けずり回る。そもそも置いてあったものを勝手に質に入れるなという話で、どうしようもないには違いない。それでもやっぱりあれが、たった一人の父親なのだ。

「ありがたいけど、養女の件はパス。あのアホ、野放しにしとかれへん」

「それもそやな」

夏の一日を乗り越えてほてった体に、冷えたビールはしみるほど旨い。首尾よくテレビを取り戻せたら、ゲンコにも一杯、注いでやろうか。それとももう少し、懲《こ》らしめてやったほうがいいやろか。

おばあやんが眠ったまま片尻を上げて、景気のいいのを一発放った。


明けて翌日。今日から夏本番の八月である。

日の出とともに気温はうなぎ上りで、朝の七時というのに日差しはもはや、肌を刺すほどに尖っていた。「味よし」の店内と外を掃き清めてから、千子はクリーム色のスーツに袖を通す。

いつもは動きやすいパンツスーツばかりだが、迷わずスカートをチョイスする。向こうずねに残った痣は濃いめのストッキングで覆い隠し、ヒールが高めのパンプスを履いた。

「じゃあ、行ってきます」

厨房はまだ仕込みがはじまっておらず、水を替えたばかりの神棚に向かって、賢悟が柏手を打っている。昨夜のお灸がほどよく効いて、今日ばかりは真面目に働いてくれることだろう。

すでにレジ脇の定位置に陣取ったおばあやんが、眠たげな目でスカートを穿いた千子の足元を見やり、「ふん」と頷いた。

「今日は『残業』の日やな」

ぼんやりしているようで、この目ざとさは侮れない。やっぱり女は、いくつになっても女である。

「車に気ぃつけてな」

勤めに出る千子にひと声かけて、賢悟はリモコンのスイッチを押した。棚の上の薄型テレビが、朝の情報番組を流しはじめる。キャスターの声に見送られながら、千子は陽の降り注ぐ北詰通りに踏み出した。

二　お帰りなさい

「盆休みは、どこか行くの?」

背後から聞こえた細野の声に、千子はパンストをたぐり寄せていた手を止めた。この質問には、なんと答えるのが正解なのだろう。アンタには関係ないと突っぱねるか、旅行に行くと嘘でもつくか。

「細野さんこそ、東京に帰るだけ?　家族旅行はせぇへんの?」

なんやこの、自虐的な質問は。千子は我ながら呆れ果て、細野に背中を見せたまま苦笑した。細野は今年で三十六歳。東京には妻と、七つになる息子がいる。

「そんなことを聞いて、君は、楽しいの?」

あ、はぐらかされた。でもどうせ、正直に答えられても傷つくのだ。

千子はにぃっと笑顔を作ってから、ベッドに横たわったままの細野を振り返った。

「べつに。わたし現地妻の立場くらい、わきまえてるし」

細野の目が、ちくっと揺れた。ざまあみろ、と思ったのは一瞬で、申し訳なさがむくむくと湧き上がる。千子は罪滅ぼしにベッドの上を這って行き、細野の耳たぶにそっと口づけた。週に一度はジョギングをしているというだけあって、裸の腹にはたるみがない。彫りの深い顔立ちはまるで俳優のようで、完璧すぎて厭味《いやみ》だとすら囁《ささや》かれていた。

「君って人は」

細野は弱々しく笑って、千子を抱きしめる。襟元に息がかかり、それだけで千子の肌は喜びに震えた。留めたばかりのシャツのボタンを二つ三つ外し、細野が胸に顔をこすりつける。

「ずるいなぁ」と、千子は口の中で呟いた。

ずるくて弱くて身勝手な、愛おしい男。はじめは鳥肌が立つほどキザったらしいと嫌っていた東京弁も、今ではまったく、気にならない。

千子は細野を強く抱きしめ返してから、するりと腕をほどいた。

「早よ、支度せな。休憩時間終わるよ」

ほらまたそんな、ずぶ濡れの捨て犬みたいな目をして。もうすぐわたしのほうが、捨てられるっていうのに。

細野は千子が勤める海江田《かいえだ》商事大阪支社の、人事部の上司だ。大幅な組織改革のため東京の本社から遣《つか》わされたくらいだから、かなりのやり手である。三年に及ぶ大改革、だがそれにもほぼ片がつき、こうしていられるのも秋口までだ。それでお別れなのは、あらかじめ分かっていた。

「休み明けにさ、新世界を案内してくれないかな」

「えっ」

「串カツ、食べてみたいんだ」

シャツのボタンが、うまく留められない。指先が汗ばんでいた。

あの町を、細野と連れ立って歩く――。それはあまり、楽しい想像ではなかった。自分が生まれ育ったとはいえ、いや、だからこそ、あんなに雑多な、ありていに言えば「きったない」町を、細野に見せるのはどうかと思う。

細野はようやくベッドから下りて、仕立てのいいシャツに袖を通している。この人が二着で一万九千円のスーツなんか着ちゃうタイプなら、もっと気楽なんやけど。あそこには、ルイジボレッツリのシャツにハイペリオンのスーツなんて人種は、一人もいない。

「顔さす」やろな、と千子は思う。知り合いに見つかるのも、具合が悪い。

「俺、観光らしいこと、なにもしてないしさ」

「三年もおったのにね」

「最初の一年半は、ほとんど鬱《うつ》だったから」

「後半は?」

千子はシャツをスカートのインに押し込みながら尋ねる。声が、かすれていた。

「君のおかげで、楽しかった」

恋人に「君」と呼びかける男を、千子は細野以外に知らない。大阪人が使うときはもっと軽みがあって、「待ちぃなキミ」とか「そらあかんわキミ」とか、カタカナ表記のほうがしっくりとくる。真っ向から相手を見つめて「君」だなんて、そんなこっぱずかしいこと。いまだに、こそばゆい気持ちにさせられる。

「なぁ、頼むわぁ。二度づけ禁止、俺も味わいたいやんかぁ」

細野がイントネーションのずれた大阪弁を使った。あまりに座りが悪すぎて、千子は「うさんくさ」と笑う。

三年もいたくせに、細野はけっきょく大阪弁が、これっぽっちもうまくならなかった。

竹箒《たけぼうき》の音高く、店の前を掃き清める。店先に出した物干しラックでは、漂白したばかりのふきんが日光に反射して目に痛いほど。風に揺れはためいて、もはや乾きかけている。

盆休み。ザッザザッザッザ。「どこか行くの」なんて。ザッザザッザッザ。どこに行けるっちゅうねん！

千子はやけくそに竹箒を振り回した。細野は今ごろ、東京に向かう新幹線だろうか。それとも昨夜のうちに帰って、今ごろ家族と。いや、もしくは今ごろ——。思いつくかぎりの「今ごろ」を、ゴミと一緒に掃き散らす。

帰省ラッシュで名神高速が何キロの渋滞とか、関空ではお盆を海外で過ごす人たちの出国ラッシュがどうとか、なんやそれ、知るもんか。ぜんぶ、違う世界の話だ。

盆だろうが正月だろうがクリスマスだろうがハロウィンだろうが、ここ北詰通商店街はひっそり閑《かん》としている。ただでさえ空き店舗が多いのに、クリーニング店も書店も理容室も、『十三日〜十六日まで休ませていただきます』なる貼り紙をしてシャッターを下ろしているせいで、なおのこと寒々しい。

「ゲンコ。どこ行くねん」

白い厨房服に長靴のまま表に出てきた賢悟は、千子に見咎《とが》められて「ギクリ」と口で言う。ああもう、ホンマにサムい。そのくせ見た目は暑苦しいから、傍に寄られると不快指数が増す。大柄なぶん顔なんて千子の一・五倍はあって、まるで鬼瓦《おにがわら》みたいだ。

「パチンコなら、行かさへんで」

「アホぅ。煙草じゃ、煙草」

休みの日の千子には、この男を見張るという大事な役目がある。暇さえあれば賢悟は「ちょっとそこまで」と出かけてしまうし、具合の悪いことに、店はほとんどいつも暇だった。

「なんや、ケンケンして。メンスか」

「せめて生理ってゆって」

こんなデリカシーのない問答も、もはやなんとも思わない。賢悟の情緒は、小五だ。

初潮が来たとき、千子は下着についたものを見て、それがそうとは気づかなかった。だって、色がちっとも赤くない。お腹の具合でも悪いのかと思った。取り替えた下着まで汚してしまってから、ようやく「学校で習ったアレ」と合点したのである。

おばあやんはもちろん干上がっているし、家には備えがなかった。賢悟に生理用ナプキンのお金をくださいとは言いがたく、はじめのうちは「喫茶マドンナ☆」の留美《るみ》に分けてもらっていたけれど、そのポーチを「なにコソコソ持っとんじゃ」と開けられたときには、「察しろよ！」と子供ながらに思ったものだ。

中から出てきたものと、千子の顔を見比べて、賢悟は「しくじった」というような顔をした。だが、そのあとがさらにいけない。生理用ナプキンを頭上に差し上げ、「やぁい、やぁい。メンス女ぁ〜」と囃《はや》したのである。クラスの男子にも劣る所業だった。大人げないという言葉は、賢悟のためにある。

「今日も、あっついのぉ〜」

賢悟は紫煙を吐き出し、毛の生えたゴツい指でこめかみから流れる汗を拭う。もっと弱い銘柄に替えてほしいのに、「男は黙ってセブンスター」と譲らない。「お前が嫁に行くまで生きてりゃ充分じゃ」なんて。わたしが結婚できない相手とつき合っていると知ったら、この人はどういう反応をするんやろう。

ちりとりに集めたゴミを、店の脇に据えた青いポリバケツに捨てる。それで多少は気分が落ち着いた。いよいよ一日のはじまりだ。ちみちみと煙草を吸っている賢悟の巨体を押しのけて、千子は「味よし」ののれんを出した。

「それにしてもお前、なんかないんかぃ」

「なんかて、なに」

「休みのたんびに、ウチにおるやないか」

「誰のせいや思うてるの」

賢悟にムカついたときは、感情的にならないのが肝心だ。いかな正論も声を荒らげてまくし立てると、賢悟も負けじと怒鳴り返す。最終的には「ゲンコのアホタレ」「センコのデベソ」レベルに落ちてしまう不毛な争いは、この暑い最中にはごめんだ。クールに振る舞えば賢悟は慌てて、千子の機嫌を取りにくる。

「おいおい、待てや。センコぉ」

賢悟は店内に戻る千子に追いすがろうと、指先で煙草をぴんと弾いた。

「吸い殻捨てんな!」

千子に一喝され、賢悟は巨体を丸めて吸い殻を拾う。今朝はレジの脇に猿の置物が二体。おばあやんと、「かめや」の婆さん正子《まさこ》である。視線を合わせることなく並んで座り、眠たげに目をしぱしぱさせていた。

「分かっとるがな。センコはウチの看板娘。日曜によう来る学生おるやろ。あれたぶん、お前目当てやど。さすが芙由子似の別嬪《べつぴん》さんや」

賢悟の下手くそなフォローを聞き流し、千子はカウンターを拭き清める。代わりに正子が頬に手を当て、恥じらいのそぶりを見せた。

「いやよぉ。こんなオバァ摑まえて看板娘てよ。そらアタシもお国の湯浅《ゆあさ》では、三桝屋《みます》に正やんありて、言われた女やけども」

「ふん。やくたいもないことゆうて。山猿しかおらん田舎モンが」

「道歩いとったら、袂にこう、ちゅちゅっと、つけ文されるんやんか。若い娘のことやさけ、恥ずかしいてよぉ」

「ウチなんかな、『南船場《みなみせんば》のこいさんは〜』て、歌に歌われとったわ」

おばあやんと正子の言い合いは、独白のごとく進んでゆく。仲がいいのか悪いのか。正子はしょっちゅう「味よし」を訪ねてくるが、「かめや」の奥座敷に納まっているのがつまらないだけで、おばあやんを特別に好いているわけではないようだ。家にじっとしていられない性分は、この正子から典子へと受け継がれたに違いない。

半世紀以上前の栄光に浸って身もだえしている正子の、右薬指にとろりと光るものがあった。サイドに小粒ダイヤがあしらわれた、オパールの指輪。見間違いかと一瞬思った。

「正子ばあちゃん、その指輪」

「ん、これか？　きれぇやろ。ウチの蔵にあったんよ」

千子の凝視に気づき、正子は右手の甲を向けてひらひらした。「かめや」の保管庫のことを、正子はいつも「蔵」と呼ぶ。

「ちょっと、よう見せて」

正子の手を取って、まじまじと眺めた。石の中央にうっすらと、引っ掻いたような瑕《きず》がある。間違いない。子供のころに、千子がお姫さまごっこでつけてしまった瑕だ。

「ちねちゃん、アカン。これは大事やの」

あのときおかあちゃんは、珍しく声を荒らげたっけ。化粧台の口紅を塗り潰しても、眉ペンを折ってしまっても、「あーもー。堪忍《かんにん》してぇな」と弱りきった顔をしただけだったのに。

「ちねちゃんがお嫁に行くときにあげるから。それまで辛抱《しんぼう》。な」

その指輪が、どうして「かめや」の保管庫にあるのだ。

『おはようございまーす。えー、わたしは今、ユニバーサル・スタジオ・ジャパンに来ているんですが。うわぁ～。もう、並んでますねぇ』

うっとうしいほど溌剌《はつらつ》とした、テレビリポーターの声がする。造りつけの棚に置かれた、二十六インチの薄型テレビ。賢悟がわざとらしく口笛を吹きながら、新聞を持ってトイレに逃げ込もうとしていた。

「待たんかぃ。この、くそゴンタ」

「おまっ。なんちゅう汚い言葉を使いよる。そら、これから垂れよう思てるけども」

「汚いんはどっちや。アンタはよりによって、なにを売っ払ってくれとんねん」

「売っとらん。預けとるだけや！」

つまり賢悟は「かめや」からあのテレビを請け出すために、芙由子の形見を犠牲にしたのだ。売り言葉に買い言葉、賢悟相手には感情的にならないのが肝要――。だが千子はすでに、涙ぐむほど興奮していた。

「見下げたもんや。アンタが、おかあちゃんの思い出を二束三文で手放すか」

「だから、売っとらんゆうてるやろ。心配すな、ちゃんと請け出すさかい」

「どこにそんな保証があんねん。もしな、もしこの指輪が流れたら、アンタのこと、刺すからな！」

「おう、やれるもんならやってみぃ。おっどら、あぶれっちゃっちゃぁ！」

賢悟も顔を紅潮させ、滑舌《かつぜつ》までおかしくなっている。

「やってられっか！」

千子はその顔に、脱いだエプロンを叩きつけた。


「なるほど。そんで店飛び出して、うろつぃとったわけや」

留美が向かい側の席で、生後七ヶ月になる息子をあやしている。ずっとロングのパーマスタイルだったのに、子供が生まれてからは肩先でパツリと切り揃え、より溌剌とした印象だ。千子はうつむいたまま、出されたミックスジュースをストローですすった。

カウンターの向こうではマスター、つまり留美の父親が、蝶ネクタイにチェックのベストという時代錯誤なスタイルで黙々とグラスを磨き続けている。「喫茶マドンナ☆」の店内には、今日も正統派のジャズがかかっていた。

勢いで家を飛び出しても、この狭い町ではすぐさま知った顔に出くわしてしまう。北詰通りを突っきって通天閣本通りに出ようとしたところで、千子は角っこにあるこの店の留美に呼び止められた。

「芙由子さんのことになると、アンタは意固地やからな」

留美は千子の二つ上で、子供時代の遊び仲間だ。この界隈の子供たちを取りまとめ、チャキチャキと仕切っていた。二年前にお嫁に行ってしまったけれど、実の母親とは友達のように仲良しだから、なにかと理由をつけて帰ってくる。ついこの間まで「育休」と称して六ヶ月も居座っていたのに、今回は「盆休み」で一週間ほど滞在するらしい。

「留美ちゃんこそ、ぜんぜん母離れせんやん」

「誰がするか。道子《みちこ》とおるのんが一番楽。子供の世話もさすがにうまいしな」

「旦那さんこないだ、『帰ってきてくれ』って泣いてたけど」

「知らんわ。文句あるんやったら、あの人がここ住んだらええねん」

留美は旦那さんの転勤で姫路に連れていかれたのを根に持っている。結婚しても実家の近くにマンションを借りるつもりでいたそうで、婚約直後に辞令を聞いて「婚約解消や！」と騒いだものだ。親離れにしくじった女のわがままではあるが、この町と離れがたい気持ちなら千子にも分かる。町とはすなわち、人だ。全長たった百メートルしかない、北詰通商店街に住む人たちの、息遣いだ。

「しっかし、ゲンコも相変わらずやなぁ。せやけどあんな大事なモン、ぜったい請け出す気やろし、許したり」

「うん」千子は釈然としないまま頷いた。

賢悟が芙由子の指輪を質に入れて平気じゃないことくらい、分かっている。千子から の誕生日プレゼントを取り戻そうと、やむなく宝物に手を出したのだろう。それでもやっぱり、あの指輪は手放してほしくなかった。だって芙由子の思い出の品は、この先一つだって増えやしない。なにかの手違いで質流れになってしまったそのときは、本気で賢悟を刺そうと思う。

「あっちぃあっちぃ。マスター、『レイコー』一つ」

ツレコミが扇子を使いながら入ってきた。顔立ちが濃いだけに、見ているこちらにまでむんむんと熱気が伝わってくる。スポーツ新聞を手に取って、カウンター席にどかりと座った。

「うぉ〜い、マスター」

マスターはそ知らぬ顔で、ひたすらグラスを磨いている。ツレコミがスポーツ新聞を振りかざしてもどこ吹く風。寡黙《かもく》で伏し目がち、口ヒゲの似合う小粋なマスター像に浸りきっている。

「もう、また自分の世界入ってるし」

留美が立っていって、カウンター越しに父親の頭を小突いた。

「アイスコーヒー、早よやりぃ」

「ふぁ。ああ」

マスターはようやくグラスを置いた。ヒゲが生えにくい体質ゆえ、立派な口ヒゲはニセモノだと町の誰もが知っているのに、それでも彼はニヒルぶりたがる。

「留美ちゃん、アンタまた帰ってきたんか」

「そ。佐々木のオッチャンに会いとうて」

「せやろな、分かるわぁ」

軽口を叩きながら新聞を開きかけて、ツレコミはなにかを思い出したようだ。

「そうや」と言って千子を振り返った。

「センコちゃん、『かめや』の小倅も帰ってきとんか?」

「まさか」

千子は肩をすくめる。あの男にかぎって、それはない。

「カメヤからはもう十年近く、連絡すらないわ」

カメヤは質屋の一人息子で、本名を雅人《まさと》という。子供のころは屋号で呼ぶと本気で怒るのが面白く、こぞって「カメヤ、カメヤ」と呼んでいるうちにそれが定着してしまった。千子とは生まれ年が同じで兄妹のように育ったのに、東京の大学に進学したっきり、まるで音沙汰がない。最初の二年ほどは寂しくもあったが、その薄情にもすっかり慣れた。カメヤは物心ついたときからずっと、この町を出たがっていたのだ。連絡がないのも、しょうがない。

「十年? もうそんなになるか。じゃあ見間違いやったんかなぁ」

「見かけたん？」

「ああ。ガラガラつきのでっかい鞄持って、通天閣見上げとった。声かけても知らんぷりで行ってしもたけど」

「カメヤ、今なにしてんの？」

留美が抱いた我が子をリズミカルに揺すりながら口を挟んだ。

「銀行員。典子オバチャンからの又聞きやけど」

「なんか老けてそう。ハゲはじめたりしてそう。人違いやったんちゃう？」

千子は高校卒業当時のカメヤの顔を思い浮かべてみる。涼しげな顔立ちだが、黒縁眼鏡をかけているせいでパッと見は地味だ。あれが大人になってどう化けたのか、あるいは劣化したのか、どちらにもいける素材だけに想像が難しい。

「そろそろ結婚しとんのやろか？」

ツレコミにまでカメヤの近況を聞かれ、「知らんがな」と千子は話題を放り投げた。やっぱり東京なんて嫌いだ。幼馴染みを薄情者にし、好きな男を連れ去ってしまう。あんな他人ばかりの街に紛れ込んで生きてゆくなんて、千子にはとうていできそうにない。

「なぁ、ところでレイコーは？」

ツレコミがマスターに向き直る。マスターは自分から注意がそれたのをいいことに銀のトレイを手鏡にして自慢のつけヒゲをいじっており、ついに留美をキレさせた。

「おとうちゃん！」

留美がオーク材のカウンターをめいっぱい叩く。マスターが肩を縮めてトレイを取り落とし、母の剣幕《けんまく》に乳飲み子が泣きはじめた。

がしゃん、くわんくわん、あんぎゃー。くわくわん、はんぎゃー。

「ああっ、もう。せっかく寝そうになってたのに」

「こらアカン。ちょっと貸してみ」

「よけい泣いとる。佐々木のオッチャン怖いねんて、主に顔が」

「ほな、じいじが抱っこしたろ。ホレホレ、よーしよーし。アイター！」

「わぁっ、おとうちゃんがヒゲもがれたぁ」

騒々しさにBGMも掻き消され、しょぼくれ気分まで吹き飛ばされる。きっと千子だってこんなふうに、ツレコミやマスターにあやしてもらったことがあったのだろう。

「ほらセンコ、パス！」

留美からバトンが渡ってきた。千子は「ええっ」と狼狽《ろうばい》しつつ、腕の中に納まったみずみずしい生命に笑いかけた。

昼食を「喫茶マドンナ☆」のホットケーキで済ませ、財布も持って出なかった千子は結局「味よし」に戻るしかなかった。のれんの手前でことさらに仏頂面《ぶっちょうづら》を作り、引き戸を開ける。正子は帰ったようでおばあやんだけがレジの脇に陣取り、賢悟はカウンターで漫画雑誌を読んでいた。

「おう」賢悟は千子を横目に見ただけですぐ、雑誌に視線を戻してしまう。そのくせ全身でびくびくと、こちらの動向を探っているのだ。自分から謝るのは父親としてのコケンにかかわるが、娘に冷たくされるのは辛いという甘えが透けて見え、当分優しくなんかしてやるまいと千子は心に誓った。

男の子が床にうずくまっている。他に客はおらず、なぜかバケツでふきんを手洗いさせられていた。短パンから覗く膝小僧がいかにも頼りなく、コリコリに痩せている。

「あれ、アンタこないだの」

先日の、コインランドリーで洗濯物をダメにした少年に間違いない。

「なんや、お前ら知り合いか」

会話の糸口を見つけたとばかりに、賢悟がわざとらしいにこやかさで割り込んでくる。千子はそれを無視して少年だけに語りかけた。

「どないしたん。お手伝いしてくれてんの？」

バケツに屈み込んでいる少年に目線を合わすべく、その正面にしゃがんだ。ギロリとした三白眼《さんぱくがん》が千子を捉え、目つきの悪い子ぉやなと思った瞬間、顔面にピシャリと水が跳ねる。

「ひゃっ！」ガードが間に合わなかった。顎から水がしたたり落ちて、Tシャツの胸にしみを作る。

「オマエはホンマ」

賢悟が立ち上がり、雑誌の角を少年の頭に落とした。

「ひねくれたヤッちゃなぁ」

少年雑誌だから厚みがあり、そうとう痛かったはずだ。なのに少年は口をへの字に曲げたまま、世界中に怨《うら》みを発信しているような目つきでじっと押し黙っている。

「コイツ、表に干したぁったふきんに鼻クソ練りつけよってん」

その現行犯で賢悟に首根っこを押さえられ、罰として洗い直しをさせられていたらしい。千子はTシャツの袖で顔を拭きながら尋ねた。

「なんでそんな、いたずらばっかり。お母さんは？」

少年はかたくなに返事をしない。「お父さんは？」と質問を変えても無駄だった。

「やめとけ。さっきからなに聞いてもダンマリや。ホンマ、かわいない」

冷静になって観察すると、少年の着ているものは薄汚れ、手の爪は伸び放題で黒い垢《あか》が溜まっている。洗顔すらしていないのか、目頭には目やにが凝り固まっていた。

「お名前は？」

答える代わりに少年は腹を鳴らした。くうぅ、といかにも切なげな音がして、千子は口元をほころばせる。少年は短パンの尻で手を拭くと、ポケットをまさぐりむき出しのスルメイカを取り出した。そういえばこの子は、前にもスルメイカを食っていた。

「スルメが好きなんやね」

他意のない発言だった。なのに少年の眼光が、夜の猫みたいに鋭く尖る。千子が気圧《けお》された隙にバケツを蹴っ飛ばし、走りだした。

「ギャッ」と叫んで飛び退《すさ》った千子は、容易に脇を抜かれてしまう。

「待たんか、スルメ少年！」

少年の逃げ足は速かった。あとを追って千子が店を飛び出したときにはもう、どこの小路に紛れ込んだのか、姿が見えなくなっている。

「なんやねん、あの子」

「ホンマ、かなんなぁ」

背後で賢悟が身を屈め、床に流れ出たふきんを拾い集める。

「親の顔が見てみたいで」

千子は引き戸を開け放ったまま、外に向かって大声で叫びたい気分だった。

お前が言うな！

盆休みが明けると、細野はこんがりと日焼けして出社した。海か山かディズニーか、いずれにせよ家族サービスの名残には違いなく、千子はあえてなにも聞かなかった。

紅芋タルト、白い恋人、小倉トースト味のプリッツ。同僚たちのお土産攻撃に返せるものとてない。一方的に頂戴して社食ランチのデザートに食べていると、盆休みに恋人と沖縄に行ったという後輩が声をぐっと低くした。

「ところで室長のあの焼けかた、海外ですかね」

「ぽいなぁ。あの人やったら『俺、日本の海には入れないんだよね』とか言いそう」

話題に乗ったのは北海道で「北の国から」ツアーをしてきた先輩である。

「分かるわぁ。そんでもって『シャツはイタリア製にかぎるよね』で、『ワインは俺の血』で、『ローファーはもちろん素足』やろ」

「後半なんか違いますけど」

名古屋に親戚を訪ねてきたという同期まで加わり、もはや声をひそめることすら忘れて盛り上がっている。誰に聞かれたからといって、人事部特別室長という無理矢理な肩書きを持つ細野をよく思っていない人間ばかりだから差し支えはない。女子社員のお土産も、露骨《ろこつ》に細野を避けて配られていた。

大阪はもともと東京の人間を敬遠しがちな土地柄である。その上人事のてこ入れのために呼ばれたとあって、細野への風当たりは相当きつかった。彼自身のキザったらしい外見も手伝って、「あの東京弁サブイボ立つ」と女子社員の評判もよろしくない。完全なるアウェイ。三年もの間、細野は精神も病まずによく頑張ったものだと思う。

「ちゅうかあの人、社食でご飯食べてるとこ見たことないけど、いつもどこ行ってんの」

「ええんちゃいます。べつにウチらと馴れ合う気もないんでしょうし」

「いかにもリゾート帰りな顔して、お土産すらないもんな。早よ本社帰れっちゅうねん」

本社に戻った細野には、さらにいいポストが用意されていることだろう。人を人とも思わぬリストラ実施の末の出世だから、支社の人間が不満を覚えるのも無理はない。でも千子は知っている。早期退職制度の希望者が目標人員に達することなく、対象者の個別面談のたびに細野がどれだけ胃を痛めていたか。昼食は蕎麦程度のものしか入らないと言って、いつも外に食べに出ていた。

「三好先輩、黙りこくってどうしたんですか」

「あ、ゴメン。紅芋タルトが美味しすぎて」

「アンタは食ってばっかりか」

会話に参加する気にはなれず、もらったお土産を食べ尽くしてしまった。昼休みも残り十五分、食堂はもはや人もまばらである。千子はトレイを持って立ち上がった。

「ああ、お腹いっぱい。わたし、メイク直してくる」

「えっ、もうそんな時間？」

「ヤバイヤバイ。ほなわたしも」

全員がパイプ椅子をガタガタ鳴らして席を立つ。千子のメイク直しなど一分もかからず済んでしまうが、あとの三人はそうもいかない。廊下を小走りする同僚たちに続きながら、千子はポケットの中で振動するケータイを取り出した。

『今夜七時、動物園前駅で大丈夫？』

細野からのメールだった。社内では仕事にまつわることしか話さないし、目配せひとつしないから、まさか千子と細野が不倫関係にあるなんて誰も疑うまい。

動物園前駅は新世界の南玄関である。会社のある本町《ほんまち》駅からは、地下鉄御堂筋《みどうすじ》線で一本、十分程度で行ける距離だ。

今日は新世界で串カツをたらふく食うという約束の日。すでに胃が、もたれたように重かった。

『了解』と短くメールを返し、千子はロッカールームに消えた同僚たちのあとを追った。

動物園前駅で落ち合ったときから、細野は目に見えてウキウキしていた。コンビニで買ったばかりの大阪ガイドブックを携えて、串カツ屋のページに三角の折り目をつけている。

「ほら、ここなんて旨そうじゃない?」

細野が指をさしたのは、通天閣のすぐ下にある有名店だ。

「ああ、美味しいですよ。でもジャンジャン横丁にもう一店あるから、そっちのほうが近いです」

細野が浮かれれば浮かれるほど、千子の足取りは重くなる。ジャンジャン横丁は新世界の南の入り口にあたるアーケード街だ。串カツ屋にホルモン屋、年季の入ったゲーセンや強者《つわもの》ばかりが集まる将棋センターなど、昭和レトロがお腹いっぱいになるほど詰まっている。細野にはそこでご満足いただいて、早々にお引き取り願いたかった。できることなら、見知った顔に出くわす前に。

「『づぼらや』のフグはどこにいるの？　この『シチューうどん』っていうのも食ってみたい。『どて焼き』ってのはなに？」

自由行動の修学旅行生みたいな細野にいちいち説明を与えるだけで、千子はかすかな疲れを覚えた。ジャンジャン横丁の手前からすでにワンカップ片手のオッチャンがランニング姿でフラフラしており、今日だけはなりをひそめていてもらえまいかと思えばそれが、「浪曲一曲百円！」などと言いだして酔っ払い相手に錆びた喉を披露する。細野は「へぇ」と目を輝かせているが、明らかに異世界を見る目であり、これが千子の日常であることを忘れているようだった。

「そっか、すぐ隣が天王寺《てんのうじ》動物園になるのかぁ」

細野はガイドブックの地図を広げ、大阪在住三年目とは思えない発言をする。週末ごとに東京に帰っていたから、市内を探索する暇もなかったのだろう。大阪支社に赴任したばかりのとき、細野は金曜の夕方になるとほっとした顔で外を見ながら缶コーヒーを飲んでいた。西日に透けそうな横顔に、ドキリとしたのがこの恋のはじまりだったと今にして思う。

「ねぇ、君の家はどこ？」

細野が地図を突き出した。覗き込んで愕然《がくぜん》とする。観光客仕様の地図には、北詰通商店街が載っていなかった。国道二十五号線の手前に細い横線が引かれているものの、商店街と明記されてはいないのだ。

「このへんかな」

だいたいの見当をつけて指さした。駐車場を表すⓅマークしかついていない路地。旅行者が必要とする北詰通りの情報は、それくらいのものだった。

「すごい、昭和のテーマパークみたいだ」

ジャンジャン横丁に差しかかると、細野は圧倒されて目を見開いた。ご当地ソング「恋してジャンジャン」をBGMに、行き交う人も町並みも、充満するにおいまでもが乱雑で汚らしく、どこか懐かしい。けれども生まれも育ちも東京都港区という細野の郷愁は、これとは別のところにあるのだろう。仕立てのいいシャツを着た細野の姿を、日に焼けたオッチャンたちが物珍しそうに眺めてゆく。

「あそこが、さっき言ってた串カツ屋」

「並んでるね」

「まぁ、ご飯どきやし」

「少し歩こうよ。いいでしょう？」

いいはずがなかった。だけどあたりまえのように絡めてきた細野の指を、振り払うことだってできやしない。指先に心臓が移ったみたいにドギマギして、女子中学生かと内心自分にツッコミを入れる。仕事のあとで待ち合わせて食事をし、そのままホテルに流れるのがいつものコースだから、細野とこんなふうに手を繋いで町歩きをしたことがなかった。

　たったこれしきのことで、すべてがどうでもいいように思えてくる。細野に妻子がいることも、秋には確実にお別れがくることも、今まさに誰かに出くわさないかとビクビクしていることも。細野の隣にいられるこのひとときは、なにものにも換えがたい。

「すげぇ。『テレビゲーム』ってもはや死語だろ」

　細野がゲーセンの看板を見上げて言った。興奮して若者めいた口調になっている。その中に入り混じる揶揄《やゆ》を聞き分けて、千子は現実に引き戻された。外装も電飾もネーミングセンスもすべてが古めかしいゲーセンは物心つく前からここにある。テーブルゲームが五十円とあって行き場のないオッチャンたちが真っ昼間からたむろし、店内をヤニ臭くしているおかげで、二十一世紀の感性から取り残されたこの店も生き残っていられる。

　そのゲーセンから大柄な男が咥え煙草で出てきたとき、千子は反射的に細野の手を振りほどいていた。白い厨房服に白い長靴、賢悟である。仕事着のまま、まさかこんなところまで遠征していたとは。

　賢悟のほうでも千子に気づいたようだ。当然、その隣にいる細野にも。手を繋いでいるところを見られただろうか。きまりの悪さを紛らわすように、賢悟はおどけて首をすくめ、口の動きだけで「バイなら」と言って退散してゆく。どうせなら知らんぷりをしてくれればよいものを。

「知ってる人?」細野が賢悟の背中と千子を見比べる。

「うん、まぁ。近所のラーメン屋の『オッチャン』父親です、とはさすがに言えない。

「へぇ、奇遇だね」

細野のなに気ない感想に千子は心底驚いた。この界隈を歩いているかぎり知り合いに出くわすのはあたりまえのことなのに、細野にかかれば奇妙な偶然になってしまう。つまりはそれだけ、生きている世界が違うのだ。きっと細野は近所にどういう人が住んでいるのかも知らないのだろう。

「細野さん」呼びかけると細野は罪のない仕草で「ん?」と眉を持ち上げた。

「『づぼらや』のフグ、見に行きましょか」

もはや、やけっぱちだった。賢悟に見られたからにはコソコソしていてもしょうがない。どうせ家に帰ったら、小学生並みの冷やかしが待っている。

「うん、ちょっと待って」

細野が来た道を振り返り、スマートフォンのカメラを向けた。液晶画面に切り取られたジャンジャン横丁の風景は、知らない町のようによそよそしかった。

「なぁ、ええのんかセンコ。日曜日やぞぉ」

賢悟の目が三日月形に歪《ゆが》んでいる。朝いちでスープの仕込みに入ったときも、神サンの水を取り替えているときも、のれんを出してしまってからも、再三同じことを言ってくる。

「デエトせんでええのんか。お・デ・エ・ト」

千子は賢悟を黙殺して、冷蔵庫の瓶ビールを補充する。こういう作業を賢悟に任せると、冷えていないものをそのまま手前に置いてしまうのでいつも苦情の元になる。

「センコにええヒトがおるなんて、ゆうてくれんからパパ、なぁんも知らんかったわぁ」

気色の悪い物言いは、だんまりの千子から「誰がパパやねん」というツッコミを引き出さんとしているのである。その手に乗るか、と千子は表情を引き締めた。ジャンジャン横丁で出くわしてからはじめての週末、多少の茶化しは覚悟していたが、いいかげんしつこすぎる。

「これやから男親はアカン。センコがスカートの日は帰るんが遅かったやないか」

「ホンマか。枯れても女や、よう見たぁるわ」

こんな話題にかぎっておばあやんまで参戦してくる。やはり見破られていたのだ。パンツ派の千子のワードローブに通勤用スカートが増えたのは、細野に脚がきれいと褒められてからだった。おばあやんはこう見えて、見合い結婚が主流の時代に実家の料亭に勤めていた板前に惚れて駆け落ちまでした女だ。その板前がつまり、賢悟の父親である。色恋の大先輩にはかなわない。

「違うってば。あの人はただの上司。東京から来てはって、大阪見物したいゆうから案内してただけゆうてるやん」

「まぁまぁセンコ、照れんなや」

「ええかげんにして」

「怒んなて。店はええから、デエトしてこい。放っといて浮気でもされたらかなわんで」

賢悟がしつこいのは、どうやら心配しているからだと気がついた。家のことにかまけて自分の幸せをおろそかにするなと、まっすぐに言えない男の照れ隠しだ。込み上げてくるものがあって、千子はうつむいたまま唇を噛んだ。

この人とつき合ってますって、ちゃんと紹介できる人ならよかったのに。細野には妻がいて、千子こそが浮気相手なのだと知れたら、賢悟はやっぱり怒るんだろうか。幸せを願われながら、幸せになれない道を歩む、愚かな娘。その道すらもうすぐ行き止まりになる。

「だから、そんなんちゃうってば」

泣いても笑ってもあと一ヶ月半。細野は本当に「そんなんちゃう」人になる。

これ以上はいたたまれないと思いはじめたとき、外が賑やかになり、「センコおるぅ?」という声とともに引き戸が開いた。

「なんや留美、お前まだおったんか」

「まいど！」

留美は賢悟の当てこすりなどものともせず、景気よく敬礼の手を振った。なんだかんだでもう二週間近くいるのではないか。ベビーカーを母の道子に任せ、自分は同年代の青年の首根っこを押さえている。冷蔵庫を閉めて振り返り、千子は「あっ！」と声を上げた。

「ウソ、カメヤ！」

「なんやて」

賢悟が近視でもないのに目を細める。

「ホンマや、雅人やないか！」

カメヤは老けてもハゲても太ってもいなかった。十八のときの印象そのままに、かけている黒縁眼鏡すら変わっていないように見える。細部を見れば頬がシャープになっていたり目尻にうっすらと皺が刻まれていたりするのだが、物事を斜めに見ているような視線が間違いなくカメヤだ。

「なんでなんで、どないしたん。アンタぜんぜん変わらんなぁ」

先ほどまでの鬱屈《うっくつ》も忘れ、千子は飛び跳ねんばかりに駆け寄った。日曜だというのにカメヤは白のワイシャツにきっちりとネクタイを締めている。深緑地に赤の水玉模様が、毒虫みたいで暑苦しい。誰とも目を合わさずに、カメヤは留美の手を邪険に払った。

「もういいだろ。放せよ」

完全な標準語だ。細野で聞き慣れているはずなのに、カメヤが使うと妙によそよそしく響いた。

「いーっ！」留美が首元を掻きむしる。「いっやっやっわぁ～、その東京弁。痒《かゆ》いっちゅうねん」

「あーもー、うるさい女だなぁ」

「聞いてやコイツ、『あべちか』で悠々とコーヒー飲んどってん。帰ってきとんなら連絡くらいすりゃえぇのに、水臭いと思わん？」

あべちかは天王寺駅に隣接する地下街である。留美は道子と息子を連れて、ショッピングに出かけていたのだ。この邂逅《かいこう》はカメヤにとって、望まざることだったのだろう。

「べつに、出張でちょっといるだけだから」

「いつから？」

千子に探りを入れられて、カメヤは軽く言いよどむ。盆の入りにツレコミが見かけたというのは、やはりカメヤ本人じゃないかと思った。

「まさか典子にも知らしてないんか。そんなんお前、不人情やど」

呼んできたる、と長靴をカフカフ鳴らして出ていく賢悟を、カメヤは観念したように見送った。「カメヤ」と呼びかけると、ようやく微笑みらしきものを浮かべる。

「久しぶり。元気だったか」

頭を撫でてくれたけど、取ってつけたようにぎこちない。

「オイ、『かめや』の小倅が帰っとるそうやの」

賢悟が触れ回っているのか、ツレコミが声にドスをきかせて割り込んでくる。カメヤを認めるやいなや、ガハハと笑いながらヘッドロックを食らわせた。

「ホレやっぱりお前やないかぃ。ワシのこと、無視しよったやろ」

「痛いよ。なんのこと?」

「しらばっくれんな。通天閣の下でホレ」

「俺じゃない。ギブギブ、離して」

ツレコミの腕をタップし、解放されたカメヤは首をさすりながら「まいったなぁ」と苦笑いをしている。なにかを吹っきったような、如才ない態度だった。

「ホンマか。そっくりやったど」

「知らないよ。俺、昨日こっち来たばっかだし」

間もなく賢悟に連れられて、典子と保が顔を見せた。今日の典子は豹と真っ赤なオウムがプリントされた水色のロンTに黒レースのスパッツで、その存在感に圧されて保の影はますます薄い。親子は正面から対峙して、互いの顔に十年近い歳月の経過を見つけ合っていたが、やがてカメヤが静かに腰を折った。

「どうも、ご無沙汰してます」

これまた如才のない感じだった。それに典子は「ん」と応じ、母子の対話は終了した。保も陰気に頷いただけで、特に言葉をかけようとはしない。亀田家はだいたいこんな感じだ。

「せっかく雅人が帰ってきたんや、今夜は飲もやないか」

「そんなら『チェリー』行こや。ちょうど若い子ぉが入ったとこや」

賢悟はもはやカメヤをだしに飲みたいだけで、ツレコミは抜かりなく自分の息のかかった店を売り込む。ツレコミは「萩屋」の他にそれと隣接する店舗型長屋も所有しており、スナック「チェリー」はそのうちの一軒である。

「でも俺、明日も仕事だし」

断るカメヤの笑顔には、その場しのぎの薄っぺらさが漂っていた。

「ちゅうかアンタ、どこ泊まってんの」

留美のひとことに、賢悟とツレコミが顔を見合わせる。天王寺駅近くのビジネスホテルだと答えるカメヤに不満を爆発させた。

「お前、なんで自分ちがあんのにそんなトコ泊まっとるんや」

「すぐに引き払ってこいや。典子も保も、あと何年生きるか分からんど。おっ死《ち》ぬ前に肩でも揉んだらんかぃ」

調子に乗った賢悟が「同い年のくせして年寄り扱いすな」と典子に頭をはたかれている。貴重なおっとりキャラの道子がそれを見てウフフと笑った。

「でも出張費もらってるし」

「アホか」

その場を取りまとめようとした我が子の頭も、典子はついでにピシャリとはたく。

「出張費なんか、ちょっとでも浮かして懐に納めんかい。アタシはアンタにそんなちゃちな経済観念植えつけた覚えはあらへん。とっとと荷物、引き上げてこい」

情に訴えない俗物らしさがいかにも典子だ。

困ったように首を掻くカメヤの指のささくれが、軒並み剝《む》かれて血をにじませていた。


「俺、ぜったいここを出ていくねん」

カメヤの決意をはじめて聞かされたのは、中学生のときだったろうか。

生まれ年が同じでもカメヤは早生まれで、学年で言えば千子の一つ上だ。あのときカメヤは受験生で、東京の難関高校を目指して猛勉強をしていた。追い込み時期の、冬だった。

「だから、遊びに来んな」

カメヤの部屋には電気ストーブが出ていて、頰を赤く染めた千子はかじかんだ手をかざしながら唇を尖らせる。

「そんなん、寂しなるやん」

この町の子供たちは、少なくとも高校卒業までは一緒に育つものだと思っていた。カメヤがなぜこれほど性急に巣立ちたがるのか、千子にはまったく理解できない。見捨てられるような気すらした。

「センコはええよ、ここの気性に合うとる。でも俺はアカン。このままここにおったら、自分がすり減ってく気がすんねん」

「そら分かるけども」

「いいや、お前には分からん。センコは俺と違って鷹揚《おうよう》やから」

「オウヨウってなに？」

無邪気に首を傾げる千子に、カメヤは苦笑を返した。語彙の説明はせずにキャスター椅子をくるりと回し、学習机に向かってしまう。

「とにかく、邪魔しに来んな」

千子はしばらく、真っ赤に熱を持った電気ストーブを眺めていた。電熱管が縦に二つ並んだ旧式のものだ。エアコンは眠くなるからと、カメヤが押し入れの隅からこれを発掘したらしい。

「なぁ。東京って、なにがあんの？」

カメヤの背中に向かって問いかけた。

「なぁ」

もう一度せっつくと、カメヤは背中で「さぁ」と答えた。

「寂しない？」

「べつに」

この町から出ることさえできれば、東京じゃなくてもよかったのかもしれない。カメヤはずっと、質屋という家業を嫌っていた。その仕事の性格上、人様の台所事情まで詮索できてしまう。「あそこもそろそろ危ないで」とヒソヒソやっている大人たちがひどく低俗に見え、婚家の言いなりになっている保にも反感を抱いていた。なりたくないのは質屋と婿養子、早い時期からそう宣言していたものだ。

「わたしは、寂しい」

千子の呟きに、カメヤはようやく顔を上げる。それでもやっぱり振り返らず、自分に言い聞かせるように頷いた。

「大丈夫。俺の抜けた穴なんか、すぐに埋まる」

結果的にカメヤは、高校受験に失敗した。電車で通える範囲の進学校に決まったときは、泣きもせず悔しがりもせず、ただ呆然としていた。

「よかったがな。こんなころから一人で東京なんかやったら、心配でかなんもんな」

「せやせや、まだ早いわ。大学受験でまた頑張ったらええ」

無神経な町の住人たちは、カメヤの前であっけらかんと笑った。これで慰めているつもりなのだから、いっそうたちが悪い。カメヤは能面のような薄笑いを浮かべただけで、ウンともスンとも言わなかった。「すり減る」ってこういうことかと、千子にも少しだけ理解できた気がした。

あのときもカメヤの手の指は、ささくれが剝かれて血を流していた。

九月に入り、留美ですら姫路に帰ってしまっても、カメヤはまだ実家から仕事に通っていた。土日祝日の区別なく朝からネクタイを締めて出かけ、帰りも遅いカメヤを町の人間は「さすがメガバンクにお勤めのエリートやなぁ」と感心半分、やっかみ半分で眺めていたが、千子はなんとなく、避けられているように思えた。

帰還祝いと称して「チェリー」で飲んだ夜以来、カメヤと腰を据えて話す機会もない。「こっちで仕事って、どこの支店？」と尋ねても、カメヤは水割りを舐めるように飲みながら「まぁな」と言葉を濁すばかりだった。

千子はカメヤがそんなふうに酒を飲むことも、コップ一杯で顔に出ることも知らなかった。東京では千子の知らない人たちに囲まれて笑っているのだろうし、千子の知らない誰かを愛していたりもするのだろう。そう思うと兄妹のように育ったはずのカメヤが、ひどく遠い存在に感じた。

けれどもやっぱり、知っていることもたくさんある。顔を合わせる機会があれば、千子は必ずカメヤの手に視線を走らせた。ストレスが溜まると指のささくれを血が出るまでむしり続けるのが、カメヤの昔からの癖である。指先の傷は、いつまでも治る気配がなかった。

「もしかしたら、この町におることじたいがストレスなんかも」

ため息とともに独り言を吐き出すと、おばあやんが「なんや」と顔を上げた。「なんも」と千子が首を振ると、小さく頷いて目をつぶる。おばあやんは近ごろめっきり、うたた寝をする時間が増えた。

「おばあやん、体しんどいんやったら無理して店に出んでええよ。今日ならわたしもおるし」

千子がそう勧めても、じっとうつむいたまま首を振る。日がな一日座っているだけとはいえ、おばあやんが店を休んだことは一度もない。

店から賢悟の打つ柏手が聞こえる。粗忽モンのくせに、毎朝神サンの水を取り替えることは忘れない。いつもと同じ土曜日の朝だった。

千子はのろのろと立ち上がり、居間のテーブルに広げたままの朝食の皿を片づける。細野と関係を持ちだしてから晴れやかな週末を迎えられたためしがないが、短大時代の友人から電話があったせいで、今日はよけいに体が重い。なんてことはない、九月の連休に旅行に行こうと誘われただけなのだが、どうしたものかと迷っている。

昼時になっても、客は三人しか来なかった。

「ありがとうございましたぁ」と送り出し、下げようとしたラーメン鉢は中身が大量に食い残されている。賢悟はこれを見てなにも思わないのだろうか。

「なぁ」声をかけると、賢悟は鼻クソをほじりながら振り返った。

「それ、やめぇ。厨房で」

「せやかて鼻クソ、そよいどんやもん」

「石鹸で手ぇ洗ろて、ジェルで消毒！」

「なんのなんの。塩味が濃ぉなって旨なるっちゅうもんじゃ」

やっぱりダメだ。この男は全体的に意識が低い。千子は手にした鉢の中身を残飯用のザルにあけ、鉢は洗い桶に突っ込んだ。

「ちべたっ。水、飛んどるがな」

「なんのなんの。薄汚い顔がきれいになってええっちゅうもんじゃ」

シャボンの泡をぶくぶく立てて、鉢やコップを洗いはじめる。賢悟が隣でなにやら文句を言っているが、鼻歌を歌ってすべて聞き流した。この男に期待してもしょうがない。けっきょくわたしが、シャンとせな。

入り口の引き戸が音を立てて開いた。

「まいど」と入ってきたのは典子だ。

カウンターに腰を下ろし、ゼブラ柄のスパッツを穿いた脚を組む。

「ラーメン一つ」

「なんや。俺のまずいラーメンなんか食われへんのとちゃうのんか」

「ええから早よ作り。アタシの気が変わらんうちにな」

千子は典子の肘先に水のグラスを置いた。珍しいこともあるものだ。芙由子がいたころは中学時代の同級生というよしみもあり、カメヤを連れてしょっちゅう食べに来ていた。今日は辰巳座の梅サマ、明日は松尾座の新サマとフラフラして、料理を作るのが面倒だったせいもあるだろう。だが賢悟が味を変えてしまってからは、「まずっ。犬のエサか」と言い放ち、二度と食わんと宣言した。近所づき合いがあろうと幼馴染みだろうと、まずいものはぜったいに食わない。典子はそういう女である。

「どうしたん、オバチャン。順サマは？」

「うん、ちょっとな、頼まれてくれんかなセンコちゃん」

こういう切り出しかたもらしくない。頼みごとなんて、「コレコレしといて。ほなお願い」で済ませるのが典子流なのに。しかもなかなか切り出さず、頬杖をついて賢悟の作業を見守っている。

「少なめで」背脂を漉し入れる段階になると、ちゃっかり文句をつけた。

「あんな、ウチの子のことなんやけど」

パッサパサのチャーシューが盛りつけられるのを眺めながら、典子はようやく話しだす。

「毎日どこ行っとんのか、突き止めてほしいねん」

「はい？」千子は首を傾げた。「どういうこと？」

「あの子たぶん、銀行辞めとる」

「ええっ」

カメヤは今朝もスーツを着て出ていった。仕事じゃないなら毎日どこに出かけているというのだ。

「革靴をな、砂埃《すなぼこり》まみれにして帰ってくんねん。銀行でどんな仕事があるんか知らんけど、外回りにしたってアスファルト歩いとるかぎりあそこまで汚れへん。毎日握り飯こしらえてくみたいやし、外食する余裕もないねんわ」

「なんじゃそりゃ。リストラされたサラリーマンみたいやな」

賢悟がラーメン鉢をカウンターに置いて口を挟んだ。

「まさにそれやと思うとる。言いづらいんやろな。ここを出るときアタシらに、『今までお世話になりました』ゆうて行った子ぉや。二度と戻るつもりなかったんやろし」

典子は鉢を手元に引き寄せて、気乗りしない顔で割り箸を割る。左右均等に割れずに、チッと舌打ちをした。

「せやしセンコちゃん、あの子がどこ行くんか突き止めて、なんもかんも吐き出さしたってくれへんやろか」

「なんで。オバチャンが行ったげたらええやん」

「キャラちゃうやん。ママのお迎えを喜ぶような年でもないし、気色悪いわ」

典子のTシャツの背中では、鷹《たか》が爪を研いで翼を大きく広げている。

――いつも強そうな服ばっか着てんのに、この人は。

「すまんな、変なお願いで。この罰ゲームみたいなラーメン、汁まで残さず飲むから堪忍したって」

コショウをめいっぱい振り入れてから、典子はラーメンをすすり上げた。「罰ゲームてなんやねん」と絡み節の賢悟を無視して、豪快な音を立てる。

どうしてこの町の人間は、みんな揃って不器用に育つのだろう。


翌日の日曜はテレビの天気予報によれば、「八月が戻ってきたような残暑厳しい一日」になるとのことだった。千子は長期戦になってもいいようSPF50の日焼け止めを塗りたくり、引き戸の隙間からタイミングを推し量る。ただいま七時五十八分。カメヤはいつも八時前後に家を出る。

「来たっ。おとうちゃん、あと頼む。今月こそ売り上げ出さな、ヤバいんやからな」

分かっているのかいないのか、賢悟は「ふぅえぇい」とあくびを噛み殺しながら返事をよこす。胸に小さな靄《もや》が湧くのを覚えつつ、千子はカメヤの追跡を開始した。

キャップのつばを引き下げて顔を隠す。ポロシャツにダボダボのカーゴパンツで、遠目には少年に見えるはずだ。真夏のような暑さとはいえ、空には薄く千切った綿あめみたいな雲が浮いていて、先を行くカメヤの背中も淡く溶けてしまいそう。見失わないように、決して気づかれないように、距離を測るのが難しい。カメヤは北詰通りを東に行く。猫背ぎみの後ろ姿は人目をはばかっているようにも見えた。

新世界の東の端には阪神高速が走っている。その高架をくぐって信号を渡れば天王寺公園だ。カメヤが左右を確認するように首を振ったので、千子は電柱の陰に身を潜めた。

探偵ごっこみたいやな、カメヤ。

カメヤとの間で一時期ブームになった遊びである。知らないオッサンをターゲットと決めて二人で尾行し、気づかれたらゲームオーバー。「なんじゃいガキ」とすごまれたことも何度かある。そんなときは「キャー」と叫びながら、散り散りになって逃げた。

まさかアンタを尾行《つ》けることになるとは思わんかったけどな。

カメヤが天王寺公園に入っていく。もしかすると駅に向かっているのかもしれない。公園の通路部分を突っきれば天王寺駅が目の前である。見晴らしがよくなったぶん、千子は慎重に距離を取った。どうせ通路は一本道だ。見失うことはないだろう。

天王寺公園は動物園に美術館、庭園や植物公園を含む広大なエリアだ。ホームレス対策のため、主要部はフェンスで覆われ有料になっている。無料で入れる通路にはかつて青空カラオケが乱立していたが、うるさいという苦情が絶えず、千子が高校生のころにすべて撤去されてしまった。ホームレスも歌い踊る酔客もいない公園は平穏で、かつての混沌《こんとん》が嘘のようだ。

子供時代は中学生以下が無料なのをいいことに、カメヤたちと鬼ごっこやかくれんぼをして遊んだ。敷地のほぼ全域を使ったかくれんぼは、あまり巧妙に隠れすぎると見つけてもらえず、取り残されたまま解散、なんてこともよくあった。

「世話の焼けるやっちゃ」と呟く。

でもカメヤは大嫌いなししゃもが給食に出るたびに、一学年上の教室からこっそり食べに来てくれた。芙由子が死んでしまったときも、芙由子の味そっくりのチャーハンを作って慰めてくれた。あのころカメヤはすでに家事をしない典子を見限って、料理の腕を上げていた。賢悟は昼から酒を食らって泣くばかり。ショックのあまり当時の記憶はおぼろげだが、あのチャーハンを「美味しい」と泣きながら食べたことは鮮明に残っている。

だから素直に弱音を吐いてくれなくても許してやろう。町を捨てて出ていったことも、ひょっこり戻ってきたことも、全部ひっくるめて許してやろう。帰れる場所を、作ってやるのだ。

まだ閉まっている美術館前のゲートを右に折れ、カメヤは天王寺駅方面へと歩いてゆく。曲がり角を曲がったのを見届けてから、たっぷりと時間を置いてあとに続いた。

「うぎゃ！」

喉の奥からカエルを踏み潰したような声が出る。

曲がり角の先で、カメヤが腕を組んで待ち構えていた。

「センコ、散歩？」

尾行に気づいていたくせに、微笑すら浮かべて聞いてくる。

「センコはドキドキワクワクしすぎやねん。気配消せや」探偵ごっこでターゲットにバレるたび、そう言ってデコピンをしてきたカメヤだ。お互いに、手の内を知りすぎている。

「そう、散歩。カメヤは？」

「見たら分かるやろ。これから仕事や」

子供じみた開き直りと強がりに、カメヤも同じように返してくる。ささくれの手を握って隠し、砂埃を被った革靴を履いて。

アホかアンタは。お盆に通天閣見上げとったの、やっぱりアンタやったんやろ。

千子は固く握られたカメヤの手を取って、両手で上から包み込んだ。大事さがちゃんと伝わるように、じんわりと力を込めてゆく。

「サボろ」

「はっ？」

「日曜日やで。天気もええし、うるさいほど暑い。仕事なんかしてられっか」

「なに言ってんのお前」

「なんで。かなりまっとうな意見やろ」

笑顔を向けるとカメヤは目をそらし、泣くのをこらえるように眉を寄せる。かくれんぼで取り残されたカメヤを見つけ出したときも、たしかこんな顔をしていたっけ。日が傾いて人もまばらになった公園の、熱帯温室にうずくまり、「なに帰っとんねんお前ら。自由すぎやろ」とそっぽを向いてつく悪態が、涙声だった。

「お前、自由すぎ」

その声がやっぱり頼りなくて、抱きしめていた。カメヤが絶句するくらい強く。いてもたってもいられなかった。

「カメヤ、お帰りぃ。お帰り、カメヤ」

ようやく目覚めたツクツクボウシが鳴きはじめる。

ツクツクオーシ、ツクオーシ、ツクツクチオース、ツクイオース、ツクイオース、ジー。

ワンコーラス終わったところでカメヤの体から強張りが抜ける。千子は鼻をすする音に気づかないふりで、汗ばんだYシャツの胸に頬をこすりつけた。

「串カツ屋ばっかだな」

南はニューヨーク、北はパリ。そういうコンセプトで設計された町を見下ろして、カメヤが呟く。その昔ここは最先端のレジャースポットだったはずなのに、今や「新世界」という呼称だけが虚しく宙に浮いている。

町の南側を賑わしている串カツ屋も、カメヤがいない十年足らずで雨後の筍のようにニョキニョキ増えた。個人商店や食堂が潰れた跡地に新興店が参入し、店先に巨大な金ピカビリケンを置いたり、看板をどぎつい電飾で埋めたり、のぼりをこれでもかと立ててみたり、町をいっそうケバケバしく飾り立てている。

「フェスティバルゲートの跡地、なにができるの」

「さぁ。ボウリングとかカラオケの入った複合施設って聞いてるけど」

「ふぅん」

フェスティバルゲートは一九九七年に都市型立体遊園地として開業した、三セク系のレジャー施設だった。たった七年で運営会社が解散し、その後なかなか買い手がつかずジェットコースターの骨組みを虚しく空にさらしていたが、それもようやく解体されたばかり。この先なにがどう変わってゆくのか、ふと気づけば町の変遷を語る生き字引みたいな婆さんになっているんじゃないかと思う。

「たしかにここなら、誰にも出くわさないかもな」

通天閣のぼろう。そう言いだしたのは千子だった。

駅前のマクドでコーヒーを飲んで涼んでみても、カメヤは周りを気にして落ち着かない。客が来るたび入り口を振り返り、知らない顔だったと胸を撫で下ろしていた。だから提案したのだ。知ってる人がいなくて涼めるところ。五階展望台はすでに観光客で賑わっているが、東京人が東京タワーにのぼらないのと同様に、北詰通りの人間はまずいない。

「センコはヘコむと通天閣だな。高校受験の第一志望失敗したときも、初恋のオトダくんとかにフラれたときものぼってた」

「いややな。なんでそんなこと覚えてんの」

「覚えてるさ。小遣いが足らんって、俺から入場料ガメてったじゃない。あれまだ返してもらってないんだけど」

「忘れろや、そんなん」

階段を使って人の少ない四階展望台へと下りてゆく。たいていの人は素通りしてしまうが、窓に臨んで二人掛けのベンチが設置されており、くつろぐならだんぜん四階である。

「そういや芙由子さんの葬式のあとも、一人でのぼってたな」

あのとき千子は黒いワンピースも脱がずに通天閣に走った。スカートを握りしめて窓越しに小汚い町を睨《にら》みながら、ガンバレガンバレと口の中で唱え続けたものだ。芙由子のいない賢悟がいかに頼りないか、通夜と葬式を通して身にしみるほど分かった。だからわたしが、おかあちゃんの代わりをするしかない。

「そうかあれって、そっとしといてほしかったからか」

「べつに、そういうわけじゃ」

「お前が言ったんだろ。ここなら誰にも会わんで済むって」

カメヤがベンチに腰かけて、自販機で購入した「みっくちゅじゅーちゅ」のプルタブを押し上げた。膝先に設置されたミニテーブルにもビリケンさんが描かれて、無邪気な顔で笑っている。

通天閣から町を見下ろすのは、自分を鼓舞したいときだった。大切な人たちがあそこに住んでいるんだと再確認して、頑張らなきゃと姿勢を正す。でもカメヤの言うとおり、もしかしたら思う存分落ち込むために来ていたのかもしれない。よくも悪くも町の人たちは千子をそっとしておいてはくれないから。あの愛すべきお節介たちに心配をかけたり、よけいな気を回されるのが嫌だった。

「知ってる？　ミックスジュースって、東京じゃ通じないんだよ」

「えっ、なんで」

センコはカメヤが握っている「みっくちゅじゅーちゅ」の缶に視線を落とす。大阪の喫茶店には必ずある、ミックスジュースの味を缶で再現したものだ。

「ミックスジュースって飲み物が、そもそもない。オレンジジュースとか、リンゴジュースとか、バナナジュースならあるけど、こんな混ぜこぜにしたものってないんだ」

「嘘やん。信じられん」

「そういやくず餅も、関西と関東じゃぜんぜん違う食い物だな」

「ええっ。どんなん、それ」

カメヤは舌を前歯でしごいて「ざらざらする」と呟いた。「みっくちゅじゅーちゅ」は本物に忠実に、果肉のざらつきを残している。

「面白いよな。ここでのあたりまえが、新幹線に三時間乗るだけでくつがえる。だから狭い世界にはいちゃいけない」

五、六歳くらいの女の子がベンチの背後を駆け抜けていった。母親がたしなめながらそのあとを追い、父親が赤ん坊を抱いてゆっくりと続く。

狭い世界とカメヤは言う。でもあの女の子くらいのころ、世界は果てしなく広かった。押し入れの暗がりが魔界になったり、一杯のラーメンの中にも物語が見えたり。芙由子には「食べ物で遊びなさんな」とよく叱られたものだ。世界を狭く住みづらくしてしまうのは、けっきょく自分なんじゃないだろうか。

「でも、帰ってきたやん」

カメヤから缶を奪ってひと口飲んだ。やっぱり喉にざらつきが残る。缶コーヒー同様、喫茶店の味には及ぶべくもないが、これはこれで青春の味だ。発売されたのが高校生のときで、ふざけた商品名がウケてカメヤとよく飲んでいた。

「カメヤ、帰ってきたやん」

もう一度繰り返す。本当は、見つけられたかったくせに。まっすぐ家に帰る勇気がなくて、強引に連れ戻してほしかったのだ。昔からかくれんぼで置き去りにされても、千子が探しに行くまではその場に踏ん張っていた。なんだ、けっきょくなにも、変わっていない。

「笑ろてええで」

カメヤが大阪弁に切り替えてきた。背もたれをずるずる滑り、体勢を崩す。千子はその手に缶を握らせた。

「へんっ、ざまぁ」

「そろそろなにがあったんか、聞いたってもええで放蕩《ほうとう》息子」

カメヤはいつも待っている。うっとうしいと言いながら、人のお節介と優しさを。そういう奴だと知っていたのだから、もっと早くにこうしておけばよかった。

「銀行、辞めてきた」

「お前な」

「うん」

「同僚が、顧客情報抜いとってん」

千子は半年ほど前の記者会見を思い出していた。カメヤの勤めるメガバンクで、顧客の個人情報を含む行内資料を紛失したという事件だ。副頭取だかのオッサンが「お客様の大切な情報を、申し訳ありませんでした！」と、一人で感極まって頭髪の乏しい頭頂部をテレビ画面にさらしていた。

「もしかしてニュースになった、あれ？」

「うん。ニュースになったあれ」

「ほへぇ。あれってそういうウラがあったんや」

深刻な話は深刻に聞かない。そのほうがカメヤは話しやすい。

「そいつのつき合ってた男がタチの悪い奴で、うまく丸め込まれたんやろな」

「あ、同僚って女の人か」

「今ごろなにやっとんのか。女も男も発覚後に蒸発して、事件はシステムの不具合ってことで処理されて、ついでに俺は富山に飛ばされた」

「うっそ、なんで」

「その女と俺、婚約間近やったから」

千子はちょっと黙って頭の中を整理する。つまりカメヤは彼女に二股をかけられて犯罪に手を染められた挙句、男と逃げて濡れ衣まで着せられたということか。

「うわ、ヒサンやな」

「飛ばされた先でも白い目で見られて、仕事回してもらわれへん。『キミに関しては本店から沙汰があるまで』ゆうて掃除ばっかやらされて、周りがどんだけ忙しそうでも手伝われへんからますます反感が高まってく。ちっさい村やからよけいたち悪くて、正直彼女に裏切られたんよりよっぽどこたえた」

「アホやな。なんでもっと早よう連絡してけぇへんの」

「できるかアホ」

「アホ言うなやアホ」

カメヤと顔を見合わせて、千子はめいっぱい笑った。大阪人がお笑いを好きなのは、どんなことでも笑いに変えてしまえば毎日楽しく生きていけると知っているからだ。ムカつくことも悲しいことも辛いことも、人間のやることはみんなオモロイやないかい。だから景気が悪くても、大阪の人間はくだらないことばかり言っている。

「――バカ」

「いやっ。バカはやめてバカは。なんか傷つく」

千子は頰に手を当てて大げさに騒いだ。カメヤの目が笑っている。まだいくぶん辛そうだけど、ちゃんと笑っている。

「ま、ええんちゃう。そんだけどん底やったら、それ以上悪くはならへんわ」

「無責任やなぁ」

「せや、ビリケンさんのおみくじ引きに行こか」

「はぁ。俺そんなんやったことないで」

「すごいで。このご時世に手動のルーレット方式やから。しかもボールがあんまり転がらへんから気ぃつけや」

「出た。遊び心加えようとして失敗するパターンのやつ」

カメヤは大阪弁のほうがテンポよく喋った。ベンチに置かれた手に手を重ね、千子は青い空を見上げる。そういえば高いところにのぼったとき、せっかく天に近づけたというのにどうして人は、上ではなくて下を見るのだろう。人が大勢ひしめいている、悲しみに満ちた俗世間を。

それはつまりこういうことだと思う。千子は実感を込めてもう一度言った。

「カメヤ、お帰りなさい」

ビリケンさんのおみくじでカメヤが引き当てたのは、星二つのスモールラッキー。ビリケンさんのイラストが、「ちょっと休みや～」と微笑んでいた。

三　通天閣の足元で

枕元の電話が鳴っている。ホテルに備えつけの電話機だ。取ろうと腕を伸ばしたら、隣に寝そべっていた細野に抱きすくめられた。

「離れたくない」

千子は裸の胸にすがりつく細野を見下ろしてから、少し這って電話に出る。相手が喋りだす前に、「延長で」と言って切った。離れがたくてベッドでぐずぐずしていたら、もうそんな時間である。休憩三時間がこんなに短いのだから、一週間だってあっという間だ。九月も終わりに差しかかり、今日からちょうど一週間で細野は去る。週末は細野の家族が大阪に来て荷造りを手伝うというから、こうして二人でいられるのは実質あと三日だけ。送別会が入ればさらに減るかもしれない。

「東京に戻っても、月に一度は会いに来るよ」

細野の耳が左胸に押し当てられている。千子はその頭を抱え込んだ。別れへのカウントダウンがはじまってから、心のひびは広がるばかり。パキパキパキと、薄氷の割れるような音が聞こえてきそうだ。

「ダメ」と千子は答えた。細野の髪は根元が汗に濡れている。これは将来ハゲるかもしらんと思いながら、梳《す》くように撫でた。

「そんなん、よう待たんもん」

「月イチだよ」

奥さんのところは週イチやん、と言いたいのをのんだ。「妻は家族だから、もう女としては見られない」と言って細野は千子の「女」を持ち上げるが、優先順位はこんなところに表れる。月イチというスパンもいずれは隔月になり半年になり、やがて途絶えてしまうのだろう。そんなものを待っているうちに、きっとお婆ちゃんになってしまう。

「アカン。わたしもちゃんと、結婚できる人とつき合いたいから」

「薄情な女だね、君は」

顔の両脇に手をついて、細野が真上から見下ろしてきた。都合のいい女の間違いや、と千子は思う。細野の思い詰めた表情も感慨たっぷりの囁きも芝居じみていて、たぶんそんな自分に酔っている。

「あ、ちょっと」

細野が千子の脚の間に割り込んできた。二度目の細野にさほどの昂《たか》ぶりはないが、押し戻されるほどやわでもない。

「待ってってば」

静止も聞かず細野は千子を抱きすくめ、そのまま動かずにいる。千子は諦めて細野の肩越しに、ブラックライトで浮かび上がる天井のクラゲを眺めていた。首筋から降りはじめの雨みたいなにおいがふわりと香る。情交によって変化する、細野の体臭が好きだった。

「君には本当に感謝しているんだ。俺にも笑顔で話しかけてくれて」

「普通ですよ」

「そんなことはない。俺だって東京から来たリストラ魔王って呼ばれていたことくらい知ってるよ。みんな必要事項以外喋らなくて、いや、必要事項すら伝えてくれないこともあったけど、君がぜんぶフォローしてくれた」

「だから、あたりまえです」

「ありがとう」

細野が腕に力を込めた。恩に着られるほどのことじゃない。だって下心あってのことだから。アウェイに放り込まれた細野は悪意への備えはできていたが、優しさに対してはもろかった。

コーヒーを飲む横顔に惹かれたときから、細野が自分のものにならないのは分かっていたのに。あのとき細野が見ていたのは、夕日だった。オフィスビルから見下ろせる大阪の町並みではなく、夕日に郷愁を映していた。帰るところのある人だった。

細野はゆったりと動きだす。天井のクラゲがゆらゆら揺れた。波の上をたゆたうような浮遊感。体の芯はぬるく、けれどもたしかに繋がっている。

「離れたくないよ」

わたしも、と応えそうになった。近い将来細野さんがハゲたっていいから、離れたくない。

「君も東京に来ればいいのに」

千子は目をつぶる。大阪に残りたいとは、たとえ嘘でも口にしない。そういう点では正直な男だった。

「そんなに感謝してるなら、ちゃんと終わらせて細野さん」

最終日にはさよならを言って、きれいさっぱり終わりたい。もちろんそんなの虚勢だけれど、そのくらいの意地は見せるつもりだ。

それなのになにを勘違いしたのか細野は頷いて、ラストスパートをかけた。


帰宅は夜十一時を回っていた。情交の余韻《よいん》が残っていないか、駅のトイレで表情を念入りにチェックしたけれど、北詰通りに入る前にもう一度頬を揉みほぐす。「味よし」ののれんはすでに内側に仕舞われていたが、店内の照明は落とされておらず、すりガラス越しに家族の温かみを伝えてきた。

こんなとき、一人暮らしじゃなくて本当によかったと思う。人目もはばからずに泣ける状況なんて、ありがたいが浸りすぎて抜け出せなくなりそうだ。この家にいるかぎり、誰かの面倒やお節介や心配事が我が身にも降りかかってくる。おかげで自分に酔っている暇もない。

「ただいまぁ」笑顔を作ってからガラス戸を開けた。

「おう、お帰り。今日も遅いな」

営業は十時で終わっているはずなのに、賢悟がまだ厨房に立っている。カウンターには背中を丸めたおばあやんと、その向こう側にもう一人。

「あれ、どうしたんアンタ」

スルメ少年がラーメン鉢を抱き込むようにして縮れ麺をすすっている。なんとおばあやんまでが、一人前のラーメンと格闘していた。

「あっ。おばあやん、そんなモン食べたらアカン」

「『そんな』てなんじゃい。おばあやんが食いたいゆうたんじゃ」

「やめて、血圧高いのに」

ましてや賢悟のラーメンなど、豚の背脂を食っているようなものだ。おばあやんは干からびた手でレンゲを口に運びながら、「なんや、なんでや」としきりに首を傾げている。

「どないしたん」と尋ねても反応はない。

千子は諦めて上着を脱ぎ、鞄と一緒に居住部の上がり框《がまち》に置いた。細野の残り香がふわりと舞った気がしたが、豚骨のにおいに紛れてすぐに分からなくなった。

「なに見とんの」

探るようにこちらを見ていた賢悟が「ふむ」と頷いて顎を撫でる。

「スカートちゃうし、ホンマに残業やったんやなぁと思て」

「なに寝ぼけたこと言うとんねんお前」

「お前って、お父サマに向かってお前！」

スカートのときはデートとおばあやんに見抜かれて以来、遅くなる日はあえてパンツのスーツを選択していた。けれども細野との最後の日くらいは、なにを言われようとスカートでキメようと思っている。普段は穿かないフレアスカートを、そのために新調してあった。

「そんでスルメ少年は、こんな遅くにどないしてん」

ラーメンを一心に掻き込んでいた少年が、長い前髪の隙間から千子を睨みつける。野良猫みたいに光る目だ。そう思うと同時に、賢悟が声を張り上げた。

「センコ、気ぃつけい」

「え？」聞き返したときにはもう遅い。脂でギトギトになった手で、白いシャツの肩を握られていた。なすりつけるようにグリグリと押しつけてくる。

「ぎゃっ。なにすんねん！」

反射的に手が伸びた。すると少年は過剰なほど身を震わせ、卑屈な動作で頭を庇《かば》う。

千子はハッとして手を止めた。

「あーあ、やられたなぁ。ワシもじゃ」

賢悟が回れ右をして、タレのようなもので汚れた背中を見せた。千子が清潔第一と張りきって、真っ白に洗い上げている厨房服だ。

「うぎゃあ」と再び悲鳴が洩《も》れた。

「ホルモン焼きのタレでやられた。どうもコイツ、真っ白いモンがいやらしいわ」

「なにそれ、そんなん病気やん。ちょっとアンタ、おかあちゃんは？」

しかし少年は食欲に没頭してしまい、千子を一顧だにしない。まずいラーメンなのにこの食いっぷりは、よほど腹が減っているのだろう。空腹は味オンチの素だ。

「帰ってこぉへんらしい。ワシが見つけたとき、ホルモン屋の串焼き盗んで追っかけられとった」

賢悟もおおかた店を放り出し、パチンコにでも行っていたのだろう。串焼きの代金を払ってやったお礼にタレをかけられ、その上ラーメンまで食わせてやるお人よし。そんなことまでしてやる義理が、この子供のどこにある。

「おかあちゃん帰ってきて、部屋にアンタおらへんかったら心配すんで。電話しとき」

「通じひん」と、ようやく少年が口をきいた。

「おとうちゃんもまだ帰らへんの？」

「そんなんおらん」

片親だということだろう。家庭の事情に立ち入ってしまった気まずさに、千子は首の後ろを掻く。

「とにかくそれ食べたら帰り。歯ぁ磨いてお布団入って待っとったら、おかあちゃんもそのうち帰ってくるやろ」

「待っとるよ、二週間も」

少年の髪の根元に、脂っこいフケのかたまりが絡みついていた。いつから風呂に入っていないのだろう。

「二週間？」

派手な音を立ててスープを最後まで飲みきると、少年はカウンターの椅子から飛び降りる。そのままなにも言わず、店の外へと走り出た。

「アッ。ちょっと待たんか、お前」すかさず賢悟が追いかける。

カッコカッコと遠ざかる長靴の音を聞きながら、千子はカウンターに寄りかかった。

少年が食い散らかしたらしいスープの雫《しずく》が、シャツの肘にしみてゆく。

ほらやっぱり。自分のことにかかずらっている暇もなく、こういう面倒が起こってくれる。

おばあやんが半分も減っていないラーメン鉢を覗き込み「なんやこれ」と呟いた。

襖《ふすま》がほとほと叩かれて、返事をすると賢悟が鴨居《かもい》をくぐるようにして入ってきた。

三好家の二階はすべての部屋が襖で仕切られており、手前の部屋を通り抜けないと奥には行けない造りになっている。階段脇の千子の部屋はプライバシーなどないに等しく、賢悟にはせめてノックをしろと言い続け、ハタチを超えたころにようやく守られるようになった。

「スルメ、寝た?」

千子はパソコンのキーを打つ手を止めて、目頭を揉みながら顔を上げる。スルメ少年を追いかけていった賢悟は、しばらくして少年と身の回りのものを携えて戻ってきた。名前も知らない子供とはいえ、親に置いてけぼりにされたと聞いて見て見ぬふりもできない。嫌がる少年に風呂を使わせ、賢悟の部屋に布団を敷いた。

「ああ。疲れたみたいで、よう寝たぁる」

「そう。朝になったら警察に相談しんといかんな」

新世界を管轄している浪速《なにわ》警察署の地域課には、二軒隣の「日野理容」の次男坊、ヒロキ兄ちゃんがいる。きっと親身になってくれるだろう。

「帳簿か?」折り畳み机に載った領収書の束を見て、賢悟が尋ねる。

「うん。ちょっと溜まっとったから」

こういう事務仕事は賢悟に任せておくと埒が明かない。申告の時期が迫ってから「あれがない、これがない」と騒ぎだすので、中学時代から千子が管理している。

「肩、揉んだろか」

「お。気ぃきくやん」

畳に座っていた千子は、足を崩して座高を低くした。ごつい指が小石のように硬くなった首の凝りを容赦なく押す。千子が肩凝りを覚えたのも、やはり中学くらいのことだった。耐えがたくなってくると、賢悟がマッサージをしてくれる。力があるので絶叫するほど押されるが、もはやこのくらいの刺激でないと、町のマッサージ屋では物足りない。

「くぅ〜。効くぅ」

「お前は凝るところが芙由子と同じや。目ぇから来とんねん、これは」

ほんの数時間前に、細野のぬるい唇が這った首筋。その感触を、賢悟の力強い手が打ち消してゆく。ロクデナシの親には違いないが、この手には慰められたり力づけられたり元気をもらったりもしてきた。少なくとも餓えや孤独を味わったことはない。あの少年は、この二週間をどんな思いで過ごしていたのだろう。

「あの子、一人ぼっちでどうしとったん」

「なんでも、千円だけ置いてってたらしいで、おかあちゃんが」

「千円？」声が裏返った。

「いつもやったら、三日くらいで帰ってくるんやと」

「ほな今回がはじめてちゃうってこと？　なにしてる人やねん」

「うぅん、どうもなぁ。飛田新地《とびたしんち》で働いとるみたいで」

賢悟の歯切れが悪くなる。新世界よりさらに南へ下ると、遊郭の名残の飛田新地という色街が広がっている。新地では今も張見世《はりみせ》のように道路に面して女の子が座り、その傍らにやり手婆の控える、異様な光景が見受けられた。大人の街やから入ったらいけません、と、子供のころにずいぶん言い聞かされたものだ。

「女を売っとるんやって、あんガキがゆうとった」

「うわ。小さい子供がなんちゅうことを」

「ゆうても小五やど、アイツ」

「嘘やん！」

千子は目を見張った。あの華奢な体つきは、せいぜい小三程度にしか見えない。

「五年二組、佐藤翔太《さとうしょうた》くん。学校のノートに書いとった」

賢悟によると、少年が母親と暮らしていた光ハイツ三〇二号室は荒れ放題だったという。二DKはまるっきりのゴミ屋敷。ドアを開けてまず出迎えてくれるのは目が痛いくらいの異臭と小バエの協奏曲で、床には得体の知れない緑色の液体が広がっている。少年はそこに平然と、土足で上がっていったそうだ。

「おかあちゃん、ちょっとも料理せんのやろな。ガスコンロが段ボールで塞がって、足元に落ちとるんはみぃんな菓子の袋とカップ麺のカラや。冷蔵庫はビールと乾きモンしか入っとらんで、他に食料らしいもんなかったわ」

「それであの子、いつもスルメばっかり食べとったん？」

「ああ。スルメはしつこく噛んでいられるからええんやと」

噛めば噛むほど味がしみ出てくるから、飲み込むのを我慢して噛み続ける。そうすることで実際よりも満腹感が得られるわけだが、そんなものは小五の知恵じゃない。

「一応『翔太くんは「味よし」で預かっています』ゆう書き置きしてきたんやけど」

「男かな」

「男やろな」

悪タレに引っかかって子供を置いて出奔《しゅっぽん》、ステレオタイプのダメ女だ。いつかひどい目に遭わされて帰ってくるかもしれないが、だからと言って荒れたキッチンに湯気の立つ日は来ないだろうし、それにスルメ少年はたぶん、日常的に殴られている。シャツを故意に汚されたとき、首根っこを摑んでたしなめようとしただけなのに、少年はとっさに頭を庇った。

「やっかいやな」

少年の来し方、行く末を思うとため息が重くなる。千子は一枚のメモ書きを机の上に滑らせた。ネットで調べておいた、最寄りの児童相談所の番号だ。

「明日、ここにも電話しといて。こういうケースやったら、すぐに保護してもらえると思う」

「ん」と賢悟は短く答えた。どうも気乗りのしない様子だ。

「なに？」千子はわざと声に険を含ませる。

「いや、なんか児童相談所って信用ならん気ぃせんか？　子供が虐待《ぎゃくたい》で死んだゆうニュース見ても、後手後手っちゅうか、事なかれ主義っちゅうか。ホンマはあんまりかかわりとうない思てんちゃうかな」

「ニュースに流れるんは、いろいろあってうまくいかへんかったケースやろ。ちゃんと幸せになった子供もおるやろし、熱心な職員さんかていてはるって、たぶん」

「たぶんか」

「なんやねん、つっかかるなぁ。こういうことはプロに任せたほうがええって。心のケアとかもかかわってくるやろし、ウチらみたいな素人には手に余る」

千子はもう一度重苦しいため息をついた。時刻はすでに深夜一時を回っている。そろそろ寝ないと明日の仕事に響くだろう。少年の境遇に同情はするが、彼になにかしてやれると思うほどセンチメンタルになれやしない。それにあの少年は問題児だし、はっきり言ってかわいくない。一晩預かるだけでもやっかいごとだ。

「なぁ、ゲンコ。あの子はよその子ぉなんやで。おかあちゃんがどういう人かも知らへんし、よけいなことはせんといて」

肩を揉む賢悟の指に力が込もる。千子が「あでっ！」と叫ぶとムキになって押してきた。

「あでででで。痛いっちゅうねん、なんやねん」

「お前、明日も帰り遅いんか？」

明日も――懲りずに千子は、細野と体を重ねてくるだろう。

「うん」頷いたとたん、首のつけ根をゴリゴリと押し込まれた。隣の部屋でスルメ少年が寝ているのも忘れ、のた打ち回って床を叩く。

「ムリムリ、いだだだだ」

「明日に備えて疲れ取ったろ思て」

「アホ。よけい揉み返しくるわ！」

賢悟から解放されて、千子は襖越しに隣室の気配をそっと窺《うかが》う。清潔な布団にくるまれて、少年は安らかに眠っているようだ。

「とにかくちゃんと連絡しといて。約束やで」

声を落として念を押すと、賢悟は「ふわぁい」と腑《ふ》抜けた調子で返事をした。

「ホンマに分かっとんのかいな」

千子が不安に思ったのも無理はない。その約束は、守られなかったのだから。


スルメ少年を保護した翌々日の金曜日、千子が久しぶりに定時で帰宅してみると、寸胴鍋の湯気の向こうにカメヤが立っていた。サイズの合わない厨房服を着せられて、どうやら賢悟の身代わりのようだ。レジ脇はいつもどおりおばあやんが居眠りをしながら守っているが、賢悟はおろかスルメ少年の気配もない。

「あの二人は？」

店内を見回しながら尋ねる。今日こそ児童相談所に行ったのだろうと思いたかった。あれほど言っておいたのに、昨日は遅くに帰るとスルメ少年があたりまえのように家にいて、賢悟が言い訳がましく「警察行っただけで気疲れしてしもて」と頭を掻いた。それならばと千子は相談所の電話番号だけでなく住所まで書いたメモを渡し、さらなる圧力をかけておいたのだ。

「お帰り、センコ。今日は早かったな」

「なんやその微妙な話のそらしかた。ゲンコとスルメ、どこ？」

取り繕うようなカメヤの口調で、言いつけが守られなかったことはもう分かった。舌打ち交じりに睨みつけると、カメヤが目をそらして口を割る。

「えっと、スルメのおかあちゃん探し、かな」

「なんでやねん」

カウンターに手をついてうなだれた。母親探しは警察に任せてスルメはしかるべきところに預け、これにて一件落着といきたいのに、賢悟ときたらすでにどっぷりかかわる気でいる。カメヤが差し出したグラスの水を、千子は一気に飲み干した。

「そんで、アンタはなにしとんねん」

「ゲンコさんに店番頼まれて」

「引き受けんな！」

「じゃあ店番がおばあやん一人でよかった？」

「うっ」

たとえカメヤが断ったところで、賢悟なら「ほなしゃあない」とばかりに店を空けてしまうことだろう。そこまで見越して店番を引き受けてくれたらしいのに、さっきのはまるっきり八つ当たりだ。千子は脱力して、カウンター席に座り込む。

「ごめん、ゲンコがムチャ振りして」

「べつにええよ。俺、ラーメン屋やってみたかったから」

カメヤの言葉は大阪弁に、まだ標準語がミックスされた状態だ。偽出勤をやめてから、表向きはストレスで体を壊して休職中ということになっており、しばらくは実家に腰を落ち着けるつもりらしい。質屋の経理を手伝っている程度で時間はあるから、賢悟が面倒を押しつけるにはうってつけのポジションだった。

「せやけどおかあちゃん探しって、まさか子供連れで飛田新地うろついてるんちゃうやろな」

「いや、そのまさか」

「嘘やん。信じられん」

「昨日は妖怪通りってところで働いてたのまで分かったんやけど、失踪と同時に飛んでたらしくて、今はもういないみたい」

「飛んだ」というのは連絡もなくふっつり来なくなったという意味だろう。だがその前に、聞き捨てならない単語を聞いた。

「昨日？」

カメヤは「あ」とわざとらしく口元を押さえる。口止めされてはいるが、律儀に守るつもりもないらしい。賢悟は昨日も店をカメヤに押しつけて、スルメの母親探しに出かけていたのだ。

「なんなん、妖怪通りって」

「名前どおり、妖怪みたいなオバハンの働く店が連なってるんやて」

「それでお客さんつくのん？」

「激安らしい」

千子は肩で息をついた。そんなところで働いていたスルメ母。失踪の前日には男が迎えにきていたという証言もあるそうで、やはり男と一緒にいるのだろう。すでに大阪を出てしまった可能性だって考えられた。

「なんか、元気ないな」

「あたりまえやん、こんな話聞かされて」

「うん。でももっと大騒ぎするかと思った」

その気力すら湧かないのは、そろそろ大阪に来た妻子と細野が合流しただろうという想像が働くせいだ。大阪での最後の週末を家族と過ごし、月曜には千子との最後の夜を過ごす。火曜の送別会が終わったらその足で最終の新幹線に乗り込み、それで完全にサヨナラだ。けっきょく細野が千子のために、土日を空けてくれたことは一度もなかった。

「ヒロキ兄ちゃんがゆうとったけど、失踪届出したところでデータベースに載るだけで、積極的な捜査なんかしてくれへんってな。事件性があるわけでもないし」

だから賢悟が首を突っ込みたがるのもしょうがないと言いたいのだろうか。カメヤの地味に整った顔は、やっぱり見ていると腹が立つ。

「スルメが部屋で餓死でもしとったら大事件やったと思うけど」

「でも起こらんかったことは事件とはゆわんからな」

「なぁ、なにが言いたいん。スルメにもっと優しくしたれとか、そういうこと？」

ヒステリーっぽい声が出た。誰に責められたわけでもないが、きっと千子自身、スルメに対して負い目があるのだ。母親に見捨てられた子供をやっかい者扱いして、一刻も早くしかるべきところに預けてしまいたいと思っている。慰めの言葉一つかけてやらず、賢悟をせっついてばかりいた。

「そらわたしかて、よう知ってるオッチャン、オバチャンの子なら無理してでも預かるけど、あの子のおかあちゃん何者よ。どっから来たかも分からん素性も素行も悪そうな子、なんでウチで面倒見なアカンねん」

「センコ、落ち着け」

「ゲンコはなんも分かってへん。ウチにはよその子を養う余裕なんかあらへんのに」

「だろうな。こうやって立ってても、つくづく客が来ないもん。潰れへんのが不思議なくらいや」

「だってそれは、わたしが補塡《ほてん》してるから」

誰にも内緒にしていたことを、勢いで打ち明けてしまった。カメヤの目つきが険しくなる。

「どういうこと」と問いただされて、千子は捨て鉢な気分で喋りはじめた。

現在千子が得てくる収入のほとんどが、生活費と「味よし」の赤字補塡に消えている。ゆえに友達と遊ぶ金もなく、先日の連休も旅行の誘いを断って、ずっと店に出ていたのだ。

そもそも千子は今の会社に入るために、賢悟の姉である「芦屋《あしや》の伯母」に頭を下げた。横柄《おうへい》で嫌な女だが、捕まえた旦那は弁護士から市議会議員にまでなった人で、とにかく広く顔がきく。当時短大卒業見込みの文系女子なんて特に就職が厳しくて、それでもたしかな会社に入りたかったのは、「味よし」の経営を支えるためだ。中学時代から店の帳簿を預かってきた千子だから、そうでもしないと立ち行かないのは分かっていた。伯母のことは大嫌いだが、プライドをちょっと引っ込めれば済むことだった。

千子が話している間もおばあやんは、こっくりこっくりと目覚める気配もない。カメヤは厨房から出てカウンターにもたれ、じっと腕を組んでいた。

「そのこと、ゲンコさんには？」

「ゆうてないし、気づいてない。金勘定ぜんぶ、わたしに任せっきりやもん」

「なるほど。せやからあのオッサン、無責任に遊び回ってんねやな」

「ゆうたらなにか、変わるかな」

「センコにそこまでさしてるって分かったら、さすがに店畳むやろ。ゲンコさんには料理人も経営者も向いてないし、別のことさしたらええって、正直俺は思う」

「おじいやんと、おかあちゃんの思い出が詰まった店やのに」

「そうか。こだわっとんのは、お前か」

千子は誰もいない寸胴鍋の向こう側を見つめる。子供のころ、ランドセルをカタカタ鳴らしながら帰宅すると、この湯気の向こうに芙由子の笑顔があった。

「お帰りなさい、ちねちゃん。今日も寒いなぁ。鳥さんのスープ飲む？」

あのころ「味よし」のラーメンはあっさり澄んだ鳥ダシだった。そのスープに塩をひとつまみ、さらに柚子皮か生姜を削り入れて、芙由子が「はい」と供してくれる。腹の底がほっこりするあの温もりが、今もこのカウンターに座ると蘇《よみがえ》るのだ。

「アホやな」

「分かってる」

「そやっていつまで騙し騙しやってくつもり？　はっきり言って、このスープはキツい。ダシは豚骨とネギやけど、まず豚骨ケチりすぎ。植物系アミノ酸が出てないせいで味に深みもないし、そのくせ麺は昔ながらの縮れ麺や。アッサリした鳥ダシならよく絡んで旨いやろうけど、このスープじゃしつこすぎる。背脂チャッチャ系はやめて、前の鳥清湯《チンタン》に戻したほうがぜったいええ」

さっきまで聞き役だったカメヤが、熱っぽくラーメン講釈を垂れはじめる。理解のレベルが追いつかず、千子はぽかんと口を開けた。

「え、なにチンタンって」

「鳥白湯《パイタン》は白濁したスープ。分かるやろ？　清湯は澄んだスープのこと」

「詳しいなぁ」

「ラーメンに関しちゃうるさいよ。大学んときはラーメン部作って食べ歩いたり、材料費出し合って『あの店の味を再現』とかやってたから」

「けっこうキモい青春やったね」

「ほっとけ」

あの懐かしい鳥さんのスープ。もちろんできることなら戻したい。おじいやんとおばあやんが屋台からはじめて、芙由子に受け継がれた味だ。

「でも、アカンねん。ゲンコもちょっとは頑張ってみたんやけど、あの味再現でけへんかった」

近いものならできるのだ。でもまだあと一歩、決定的ななにかが足りない。その決め手が見つからなくて、ヤケになった賢悟が豚骨スープに変えてしまったのである。

「おばあやんすら分からんの？」

「屋台時代のレシピなら把握してるけど、店持ってから微妙に味が変わったんやて。その微妙なところが、おばあやんには伝わってへんらしい」

その隠し味を嫁には教えたのだから、芙由子はよっぽどおじいやんに信用されていたのだろう。不肖の息子と三好家をよろしく頼むと、託す気持ちも込められていたのかもしれない。

「そんなに複雑な味やったとは思われへんけどなぁ」

カメヤが顎を撫でながら、思案顔で天井を見上げている。そうは言っても小三当時の記憶しかなく、もはや千子にはざっくりとした味筋しか思い出せない。郷愁という調味料が加わって、実際より美化されている可能性だってあった。

おかあちゃんさえ生きてればと、何度悔やんでも詮ないことを、それでもいまだに考えてしまう。彼女がいれば自分の人生ももっと違っていたはずと思うのは、たんなる逃避なのだろうか。

入り口の引き戸が勢いよく開かれたのは、千子とカメヤがそんなふうに、それぞれの思考にとらわれていたときだった。ガラス戸のただならぬ振動に、さしものおばあやんも飛び起きて、目をぱちくりさせている。

飛び込んできたのはスルメだった。肩を上下させているのを見て、なにかあったのだと直感する。一緒に出かけたはずの、賢悟はどこだ。

芙由子が事故に遭ったときの記憶がふいによぎる。「荷物をまとめてすぐ来なさい」と、息を切らして駆け込んできた教頭先生。国語の授業中だったことまで覚えている。

「センコ！」

ああもう、ちねお姉ちゃんって呼べゆうてるのに。それまでアンタのことはスルメって呼ぶって、分かってんのかいな。それに小学生が平日に学校も行かんと、なにをやっとんねん。

最悪の想像から逃れるために、気づけば小言ばかりを頭に思い浮かべていた。

「大変やねん、ゲンコが――」

スルメの慌てた様子に、千子はいよいよ覚悟を決める。

「ジャンジャン横丁で、お前のオトコにインネン吹っかけとる！」

「はい？」

張り詰めていたものが一気にゆるんだ。オトコ。って、なんやそれ。

「東京弁喋っとったど！」

まさか、細野さん？　と思ったときには立ち上がっていた。

なんで新世界なんかにいるのん？　だって今夜は家族水入らずのはずで――。

「スルメ、アンタおばあやんと店におって。カメヤはお願い、手ぇ貸して」

賢悟が暴走しているのなら、一人でも多くの男手が必要だった。相手が本当に細野だとすれば、考えられるシチュエーションは――。

想像した最悪の事態は免《まぬが》れたものの、どうやらその次くらいに悪いのが巻き起こっているようだった。

ジャンジャン横丁のアーケード街に踏み込む前から、賢悟の怒鳴り声が響いていた。

ゲームセンターの前あたりに薄い人だかりができていて、その向こうが事件現場らしい。

「待てやコラァ。ナメとったらイテまうぞぁっちゃられらぁ」

滑舌がひどいのは頭に血が上っている証拠だ。ワンカップが似合いそうなオッチャンたちの背中を掻き分けて踏み込むと、輪の中央では賢悟が制服警官二人から羽交い絞めにされており、そのうちの一人がヒロキ兄ちゃんだった。

「いやもう、スンマセン。しばらく治まりそうにないんで、逃げてください」

賢悟に引きずられながら、ヒロキ兄ちゃんは弱りきった顔でインネンをつけられた相手に避難を呼びかけている。駐輪自転車の向こう側で首をさすりながら咳き込んでいるのは、やはり細野だった。その背中を、ひっつめ髪をポニーテールに結った女が気遣わしげに撫でている。おでこのカーブがきれいな人だ。お腹までゆるやかにカーブして、重たそうに出っ張っている。

「どういうこっちゃ、そのハラボテはぁ。ウチの娘はなんじゃやったんじゃあ」

猛り狂う賢悟に怯えて、小さな男の子が女の脚にしがみついている。細野が言っていた、七歳になるという息子だろう。でも、知らなかった。奥さんのお腹が大きいなんて、これっぽっちも聞いていない。

「センコ、なにぼーっとしとんねん」

野次馬の最前列で立ち止まってしまった千子を押しのけて、カメヤが賢悟に飛びかかる。警官二人に取り押さえられても前進していた賢悟の歩みが、ようやくそこに留まった。

「ああ、センコちゃん」

ヒロキ兄ちゃんが救いを求めて千子を見る。つられて賢悟がこちらをギロリとひと睨みした。

「センコ、こらどういうこっちゃ。この男、嫁はんと子供までおるやないか！」

野次馬の視線を一身に浴びて、動揺するなと千子は下唇を噛んだ。奥さんが妊娠していようと、千子が案内したコースをそのまま家族サービスに使われていようと、なんでもない様子で切り抜けるのだ。

細野だけが視線をそらし、まだ咳が残っているフリをして喉を押さえる。シャツの襟元が乱れているのは、胸ぐらを掴まれて締め上げられたせいだろう。視界が奇妙に歪んでいるけれど、千子は瞬きをこらえて涙を飛ばす。

「タコ殴りにしたラァ。ウチの娘弄《もてあそ》びよって、このイチビリがァ！」

張りついている三人の男を振り払おうと、賢悟がむちゃくちゃに体を揺さぶる。振り上げた拳が、カメヤの頬にクリーンヒットした。

「あで！」

黒縁眼鏡が足元にすっ飛んでくる。尻もちをつきかけたところを野次馬の腕に押しとどめられ、カメヤはその反動を利用して地面を蹴った。

「なにすんじゃオラァ！」

姿勢を低くして賢悟の腹に突っ込んでゆく。賢悟は「ふぐっ」と息を詰まらせながらも持ちこたえ、その代わりに背後にいたヒロキ兄ちゃんがひっくり返る。もう一人の警官は、巻き込まれてはかなわんとばかりに自分から手を離した。

「どりゃ！」賢悟がカメヤの厨房服の腰回りを捕まえた。投げようとするも、カメヤもとっさに賢悟のベルトを摑んで踏ん張る。

「はっけよい！」と、野次馬の中から顔をご機嫌に染めたオッチャンが声を張り上げた。

のこったのこった、のこったのこった。にわか行司のかけ声の中、賢悟とカメヤが取っ組み合う。カメヤもしょせん、この町の男だ。血の気の多いアホばっかりで、感傷にもろくに浸らせてくれない。

千子はひと呼吸ついてから、がっぷり組んだ二人につかつかと歩み寄った。大丈夫、どうせ月曜には別れる予定だったんだから。心配しなくても細野さん、わたしはちゃんとうまくやる。

射程距離に入ると、千子は両手のひらを同時に突き出した。

「ええかげんにせんかぃ」

右手は賢悟、左手はカメヤ。どちらも鼻柱にスパンと決まる。組み手が解けて、ついでに戦意もしぼんだようだ。

「おまっ、親に手ぇ上げるとはなんちゅうことや」

賢悟が鼻を押さえてわめいている。それを無視して千子は細野に向き直った。細野が妻子を背後に庇ったのは、強張った表情を見られては困るからだろう。そんな細野の肩越しに、千子は深々と頭を下げた。

「はじめまして。細野室長の部下の三好と言います。このたびは父がお騒がせして、すみませんでした」

まるで芝居の口上のようにすらすらと言葉が出てきた。奥さんが呆気に取られた様子で「はぁ」と頷く。千子は腰を折った姿勢のまま続けた。

「先日、細野さんから家族を連れていきたいってご相談を受けて、新世界をわたしがご案内したんです。それをたまたまウチの父が見たらしくて、すっかり誤解してしもて」

怖くて顔が上げられない。あの突き出た腹が目に入ったら、動揺が声ににじんでしまうだろう。今や野次馬が観客になって、三角関係の行く末を見守っていた。やましいところのない女を演じきらなければ。

「せっかくの家族水入らずに、思いっきり水差してすみません。ボクもごめんね、怖かったね」

話しかけると細野の息子は、いっそう母親の陰に隠れて片目だけを覗かせる。その甘ちゃんそうな目つきが、ベッドの中の細野にそっくりだった。

「なんやコレ、お前のオトコと違ごたんか」

「コレゆうな。指さすな、失礼やろ。最初っからずっと会社の上司ゆうてるやん。おとうちゃんの勝手な思い込み。分かったらホレ、ちゃんと謝って」

賢悟は叱られた子供のように、口の中でゴニョゴニョと謝罪の言葉をこねくり回す。その背中に手を置いて、千子はもう一度頭を下げた。カメヤも冷静さを取り戻して地面に転がっていた眼鏡を拾い、ヒロキ兄ちゃんがショーはおしまいとばかりに野次馬を追い払う。

「三好さん、ですか。いえ、こちらこそ。単身赴任中は夫がお世話になりまして」

逃げ腰の細野を押しのけて、奥さんが一歩前に進み出た。突き出た腹でやりにくそうにおじぎをする。あ、これはバレてる。と、直感で分かった。オットと発音した言葉の響き、これ見よがしに腹を撫でるしぐさ、その端々に妻の優位がにじんでいるのは、被害妄想ではないはずだ。

千子は苦い唾を飲み込む。奥さんは事を荒立てて新たな修羅場を作る気はないようで、そうなるともう、笑って退散するしかなかった。

「あ、はい。じゃあ邪魔者はこれで。引き続き新世界をお楽しみください」

「いや、でもその。お詫びにビールでも」

「ええから！」

ぐずぐずしている賢悟の腕を取り、陽気を装って歩き去る。細野はけっきょく、千子から目をそらしたままだった。

ジャンジャン横丁を抜けてから、賢悟の腕を振りほどく。心臓が痛いくらいに鼓動して、過剰な町の電飾が目にうるさい。疲れてものも言いたくないのに、賢悟が千子の顔の前で手を振った。

「なに？」不機嫌を隠さず睨《ね》め上げる。

「こわっ」と賢悟が肩をすくめた。

この男のこういうところが、ガラスを引っ掻く音みたいにいちいち神経に触るのだ。千子の機嫌を損ねたことくらい分かっているのに、謝りもせず許されたがる。取りつく島もないと分かると「メンスか」とからかったりして、自分の責任は棚上げだ。そうやってフラフラと五十四まで生きてきたのだから、きっとこれからも変わらないのだろう。

「センコ」

カメヤがゆっくりと追いついてきた。眼鏡のフレームが歪んで、片方が耳にかかっていない間抜け面。それでもこちらはあらかたの事情を悟ったようで、いやに深刻ぶっている。やめてよ、そういうの。ゲンコが変に思うから。自分の娘が不倫してたなんて、この単純な男が悲しまんはずないやんか。

「ホンマ、散々やわ」

声を励まし、悪態をついた。この男たちを追い払って、早く一人になってしまいたい。どんな顔をしていても怪しまれないように。泣きっ面を見られないように。

「とりあえずゲンコ、言いたいことは山ほどあるけど、大急ぎで店戻り。スルメとおばあやん二人だけにしてきてしもた。たぶん心配しとるから」

「おう。そうや、スルメがおらへん」

「今気づいたんかい。ほれ、ダッシュ！」

急かすだけ急かして賢悟の不細工なガニ股走りを見送った。これで少しは息がつける。

「センコ、さっきの——」

「ごめん。今はちょっとカンベンして」

事情を説明するには千子自身、気持ちの整理がついていなかった。感情のままに喋ったら、ただの愚痴や泣き言になる。みっともいいものじゃないが、それでもカメヤなら黙って聞いてくれるだろう。その優しさがまた辛い。

「頬っぺた、大丈夫？　眼鏡は弁償さしてもらうし」

「それはべつに、たいしたことないけど」

「ホンマごめん。ほな、ありがとう」

そう言って千子は賢悟が走り去ったあとを通天閣に向かって歩きだす。カメヤは追ってはこなかった。

「おや、センコちゃんええところに」

うつむいて歩いていたから気づかなかった。連れ込み旅館「萩屋」の前に、ツレコミの妻、朱美《あけみ》が立って手招きをしている。一人になりたくても手ぶらで出てきてしまったから、千子は通天閣を素通りして合邦《がっぽう》通りをふらふらと北上していたのである。ツレコミが経営する「萩屋」は、その合邦通りと北詰通りの接する角にあった。

「タバコ、切らしてしもた。ちょっとの間、受付に座っといてくれん？」

若いころに無茶をしたらしい酒ヤケ声である。ツレコミよりも姉さんなはずだから還暦はとっくに過ぎているが、余分な脂肪もなくタイトなスキニーパンツがよく似合った。上着代わりに紬《つむぎ》の羽織を合わせてゴツいベルトで留めているのも粋だが、前髪のカーラーだけは常に巻かれっぱなしで、取ったところを見たことがない。

「休憩三時間二千円、宿泊一律四千円な」

承諾もしていないのに受付用の小部屋に千子を引っ張り込み、肩を押さえて無理矢理椅子に座らせた。

「すぐ戻ってくるし。なんかあったら奥で寝てる掃除のオバちゃん起こしたって。よろしゅう」

強引だが、これぞ北詰通りの流儀だ。こちらの都合おかまいなし。一人にしといてと言って引き下がってくれるのはカメヤくらいのものだろう。ツレコミも朱美も福岡から流れてきたらしいが、四十年も居つけば流暢な大阪弁同様、気質も染まる。

千子は見事にヤクザものと金融ものの漫画しかないカラーボックスから、『ミナミの帝王』二十三巻を抜き出した。小部屋はアクリルプレートで外界と仕切られ、狭いなりにテレビもゲームもネットもあれば、椅子はハーマンミラーと張り込んでいてそれなりに居心地がいい。思いがけずもここは、気持ちを切り替えるにちょうどいい場所かもしれなかった。

落ち着いてみると、おばあやんとスルメだけにしておいて大丈夫だっただろうかと気にかかる。そもそもあの二人の間にコミュニケーションは成立するのか。おばあやんはなにが起こっても眠たげな目で傍観しているだけの人だから、スルメのことも腹の中ではどう思っているのか分からない。スルメはスルメで賢悟には多少打ち解けてきたようだけど、あんまり情を移すのもどうかと思うし――。

漫画のページを繰る手が止まった。不倫相手の家族と鉢合わせた直後やというのに、こんなときまでどうしてわたしは、家の心配なんかしてるんやろう。

エレベーターが開いて、一組の熟年カップルが降りてくる。廉価品らしいスーツの男と、野暮ったい膝下丈のスカートを穿いた女。ひと目で不倫だと分かったのは、彼らからかもし出される怠惰《たいだ》で粘っこい空気感のせいだった。零細企業の経営者と事務のオバチャン、といったところ。昨日今日の仲ではないようだ。

アクリルプレート越しに「万両」と書かれたキーホルダーつきの鍵が受け渡される。利用料は前金制。延長がないのを確かめて、千子は無言で鍵を受け取った。なにかのはずみで女が男を苗字で呼ぶ。これで不倫は決定的だった。自分と細野もこんなふうに、ホテルの従業員から観察されていたのかもしれない。ラインの崩れた女の尻が遠ざかってゆくのを見送り、考える。あのオッチャンはこのオバチャンに、妻にはないなにを求めているのか。安宿で倦《う》みきった体をこすり合わせることに、刺激もなにもありはしない。それなら妻で充分じゃないかという気がするのに、妻と愛人とでは、いったいなにが違うのだろう。

「留守番あんがと」

熟年カップルが帰ってしばらくしてから、朱美が咥え煙草で戻ってきた。女性週刊誌の入ったコンビニ袋を提げている。通天閣より北にはコンビニすらないから、ついでに町を散歩してきたらしい。

「なんか変わったことなかった？」

「うん。『万両の間』のお客さんが帰らはったくらい」

「ああ、あのダブル不倫カップルな」

やはり朱美の目にもそのように映るのだ。

「よう来はんの？」

「今日がはじめてやけど、あんだけ日陰オーラ出しとったら分かるわ。アタシも佐々木とは入籍しとらんし、正妻らしい正道感のあるなしには敏感なわけ」

朱美は千子が明け渡した椅子に座り、灰皿を手元に引き寄せた。その手には指輪がない代わり、十本の爪はワインレッドに彩られている。

「朱美さんは、なんで入籍せんかったん。四十年くらい一緒におるんやろ」

「ああ、もうそんななるか。出会ったときはあの人も、ハタチそこそこのボンクラやったもんなぁ」

当時を懐かしむように、朱美が頬を笑み歪ませた。紫煙にけぶる横顔が妙に艶めいて見え、思わずドキリとさせられる。朱美は千子よりまだ若いころ、福岡の中洲《なかす》でナンバーワンを張っていたそうだ。その朱美に女衒《ぜげん》の真似事をしていたツレコミが惚れ込み、手に手を取って出奔。ちょうど大阪万博の年で、行ってみたいという朱美のひとことで行き先は決まった。

「なんでて言われてもなぁ。入籍する理由も特になかったし」

「だって、駆け落ちまでしたのに」

「子供でもできたらアレやけど、でけんかったもん。まぁどっちかが大病患って死ぬゆうときに、同じ墓に入りたいって思うようやったら、それから入れても遅ないんちゃうか」

「遅いわ」

「そうか、遅いか」

だけど肩をすくめるしぐさに余裕がある。朱美とツレコミにとって、結婚なんて本当にその程度のものなのだ。

「ただいまぁ。タコ焼き買うてきたどぉ」

噂をすればツレコミが、ビニール袋を目の高さにして入ってきた。三人寄ると圧迫感すら覚える小部屋が、たちまちソースの香りに満たされる。

「おや、こんなむさ苦しいところに別嬪さんがおる。なんやさっき、ゲンコが暴れとったそうやが」

例の騒動はもう町の噂になっているようだ。朱美がしれっとしているのは、買い物の途中ですでに小耳に挟んでいたのだろう。

「なんでも東京の男がセンコちゃんを奪いに来たのんをゲンコが阻止して、カメヤまでセンコは俺のもんじゃゆうて暴れて、腹ボテの嫁はんまで登場して大騒ぎやったて」

「違うわ！」

このぶんでは明日には、南国の魚みたいな派手な尾ひれがついているはずだ。勘のいい者があの現場を見ればおおよその事情は察せただろうに、千子が傷つかないよう事実が巧妙に捻《ね》じ曲げられている。噂の大元が誰なのかは、なんとなく分かった。

「そういや通天閣って何時までやっけ」

朱美が唐突にそう言って、壁にかかった時計を見上げる。ただ今の時刻は八時十五分だ。

「入場が八時半までやけど」

「そうか」

質問の意図は分からないが、朱美は一人で納得している。ポケットから小銭入れを取り出して、硬貨を二枚、千子の手に握らせた。

「これ、留守番のお駄賃」

「ええよ、そんな。子供やないし」

「もろとけ、もろとけ。しぶちんのコイツが金払うなんて滅多にないことやど。あいてっ！」

朱美に耳を引っ張られ、ツレコミがバタ臭い顔をしかめた。

「冗談やがな。それよりホレ、アツアツのうちに食おうや。火傷《やけど》せんように割ったるからな。フーフーせぇよ」

かいがいしくもツレコミはゴツい指で二本の楊枝を操り、タコ焼きを切り分けてやっている。ちびた煙草を揉み消して、朱美がニヤニヤと頰杖をついた。

「さすが、優しいなぁ。新地帰りは」

「なんのこっちゃい。行っとらへんわ」

ツレコミの肩が妙に力んでいる。図星やな、と千子にすら分かった。

「ウチの人はいつまでも元気で、ええこっちゃ」

「どういう意味じゃ」

「そのまんまの意味やけど？」

悪所帰りと分かっていても、その程度は許容範囲と言わんばかり。朱美は涼しい顔でタコ焼きを吹き冷まし、その息で飛んだ青ノリをツレコミがせっせと搔き集める。入籍などしていなくてもこの二人はしごく仲のいい連れ合いだし、家族だった。

握った手を開いてみると、五百円玉と百円玉が一枚ずつ。なぜか通天閣の入場料きっかりが載せられていた。

通天閣のふもとには、人待ち顔のカメヤがいた。厨房服のままだから、家にも帰らずここに立っているのだろう。北詰通りから一番近いコンビニはここから南に下がったローソンだし、通天閣の入り口の脇にはタコ焼き屋がある。朱美もツレコミも、カメヤがいることを知っていたに違いなかった。

「やっと来たか」

カメヤがずれた眼鏡を持ち上げる。薄紫色に変色しはじめた頬が痛々しかった。

「急げ。あと十分で入場終了やから」

朱美やツレコミに優しい嘘を吹き込んだのはきっとこの男だ。どうせ口さがない人の噂にのぼるのならと、善意の情報操作をしてくれた。

「なんで、おるん」

「だってセンコ、手ぶらやったから。またオトダくんのときみたいにタカられてやろかなと思って」

「だから、蒸し返さんとって。中一のときの黒歴史を」

追いかけてこないと思ったら、なんという地味な役割に甘んじているのだ。でもカメヤは昔からそういう奴だった。顔立ちはきれいなのに地味すぎて女子に騒がれたこともなく、優しさまで地味で、とっつきにくいと勘違いされる。

「どうした。営業終わってしまうで」

この男は、人のことをお節介のどうのと言うくせに。

「けっきょく、アンタが一番お節介やないかぁ」

声が涙交じりになった。芙由子が死んでしまって以来、誰かの胸で泣いたことなんてなかったのに、自然と体が引き寄せられていた。厨房服の胸に顔をこすりつけると、カメヤが頭を撫でてくれる。最初から意地を張らず、こうしていればよかったんだ。

「あ、道子オバチャン」

「えっ、嘘！」

カメヤが気づき、互いに体を引き離した。「喫茶マドンナ☆」の道子が、ドラッグストアの袋でわざとらしく顔を隠して通り過ぎてゆく。留美を伴っていれば「なに抱き合っとん」と大騒ぎになるところだが、幸いにも一人。見られた相手が慎み深い道子だったのがせめてもの救いだ。

しかし気候のいいこの季節、正気に返って周りを見回してみれば、酔っ払いのオッチャンたちが道端で眠りこけており、中には「ヒューヒュー」と冷やかしてくる者もいて、なんとも殺伐《さつばつ》とした気持ちにさせてくれる。

「ホンマ、この町ときたら」

やれやれ、とカメヤが肩を落とした。千子もまったく同感である。涙も忘れて噴き出した。深刻ぶるのが似合わん町だ。よく知った顔とその日暮らしの人々がひしめき合って、九八パーセントくらいがうさん臭さで構成されている。残りの二パーセント程度がたぶん、温かさや懐かしさといった、なんだかちょっとよいものだ。

「なぁカメヤ。いったん着替えて、飲みに行かへん?」

「ええけど、ええんか?」

カメヤが通天閣の骨組みを見上げた。今ならまだ、ギリギリ入場時間に間に合うだろう。

「うん。よう考えたら、通天閣にのぼらなアカンほどのことでもなかった」

目尻に残っていた涙を払い、千子はにっこりと微笑んだ。細野と別れることは決まっていたのだ。「指一本触れなくなった」はずの奥さんが大きなお腹を抱えていたところで、そんなのはほんの些末事《さまつごと》。「夫がお世話になりまして」と牽制《けんせい》されたことで、むしろスッキリ身を引ける。ああいうタイプはどうせ東京に帰ったって、懲りずに女をこしらえるのだろう。

「のしつけて返したるわい、あんなキザ男」

強がりではなくそう言えたことに満足した。手を伸ばすと、握り返してくれる手がそこにある。「若いモンはお盛んやなぁ」という酔っ払いの冷やかしに、カメヤが弱りきって口元を歪めた。

「いっそのこと、梅田あたりまで出てしまうか」

千子もそれに異存はなかった。

四　スルメは悪い子

「なぁなぁ、おかあちゃん。おとうちゃんとちねと、どっちが大事？」

「ん？　せやなぁ、どっちも大事やけどなぁ」

芙由子がアイロンがけをしながら微笑んでいる。柔らかな笑顔と、柔らかな声。家事をしているだけなのに手つきが優雅で、見ているとなぜかドキドキしてくる。面白みのない模範解答に、千子は「えーっ」と顔をしかめた。あんなゴツゴツしたオッサンと、かわいい子供の自分が同列だなんて許しがたい。

「本音を言うとちねちゃんのほうが、ちょっとばかしよけいに大事。おとうちゃんには内緒よ」

ほら、やっぱり。と、千子は鼻の穴を膨らます。千子にとって芙由子はぜったいで、その愛情は誰よりも多く自分に注がれるべきだと思っていた。

「なぁ、なんでおとうちゃんと結婚したん？」

両親のなれそめを知りたいわけじゃなかった。子供なりにも芙由子と賢悟じゃ釣り合わないと感じていたから、ただの純粋な疑問である。芙由子はうっとりするような動作でアイロンのスイッチを切り、顔を上げて言い放った。

「それはね、土下座されたから」

「は？」

「ウチに来てくれな腹割いて死ぬ、ゆうから。死なれても寝覚め悪いなぁと思って」

千子の表情は固まっていた。そんな手段で芙由子を妻に迎えた賢悟にも、それをケロッとした顔で暴露する芙由子にも、はっきり言ってドン引きだった。


「センコ、そろそろ起きろ」

カメヤの声で現実に引き戻される。暗いところからゆっくりと浮上してくる感覚があり、表面に上がりきると同時に千子は目を開けた。

「ああ、夢か」

芙由子にまつわる記憶が、夢になって蘇ることがたまにある。あれはたしか小学校の一年だったか二年だったか。子供の罪のない質問なのだから夢のあることを言ってはぐらかせばいいものを、芙由子はいかんせん、そういうことをしない人だった。

「ごめん、寝てしもた」

「疲れてんのか」

「ううん、大丈夫」

ベッドから足を下ろすとフローリングの床がひやりと冷たい。十一月に入ったばかりというのに繁華街にはぽつぽつとクリスマスイルミネーションが灯りはじめ、世間はすでに年末に向けて走りだしている。肌寒いと感じる日も増えて、布団を出ると腕にさわっと鳥肌が立った。そういえばカメヤが汗だくだったから、さっきエアコンを消したんだっけ。

ショーツ一枚だったことを思い出し、千子はベッドの掛け布団を体に巻きつけてから立ち上がった。桜ノ宮のラブホテル。カメヤと寝るのはまだ三度目で、気恥ずかしさがつきまとう。なにしろお互い、男と女に分化する前からのつき合いだ。気まずいのはカメヤも同様らしく、行為が終わると必要以上にベタベタしてはこなかった。

細野とはジャンジャン横丁で鉢合わせてからすんなりと切れ、送別会でも目を合わせることすらなく終わった。未練と呼べそうなものはどこを探しても見つからず、なんてスムーズに乗り換えが完了してしまったんだろうと我ながら呆れる。どんなに好きでも次ができれば過去の人。女の精神構造はきわめて即物的である。

パンツスーツに袖を通し、ドレッサーの前に座った。乱れた髪のボリュームを抑え、サイドをねじってヘアピンで留める。しばらく伸びるに任せていたら、一番扱いづらい長さになってしまった。

「髪、伸ばしてんの?」

カメヤが背後に映り込む。ハローワーク帰りだとかで、久しぶりのスーツ姿だ。眼鏡は新調したものの、またもや黒縁で代わり映えがしない。

「違う。美容院に行く余裕があらへんの」

「時間的な？」

「金銭的な。先月スルメの給食費で四万以上飛んだ！」

「高っ。なんでそんな」

「ずっと払ろてへんかったんやて。気ぃ失うかと思たわ」

スルメはまだ三好家にいた。渋る賢悟を説き伏せてようやく児童相談所に任せようとした矢先、西区のマンションで幼児二人がネグレクト死したという事件が報道されたのである。児相は近隣住民から再三にわたる通報を受けていたにもかかわらず、強制立ち入り調査を見送った。それが世間の批判の的になり、賢悟の不信感まで鉄壁にしてしまったのだ。

母親が帰ってくるまでとはぐらかされて、その母親は一ヶ月以上も姿を見せない。帰ってきたとしても、スルメの生活費や衣料費や給食費は支払ってもらえるのだろうか。

「センコ、眉間にシワ」

カメヤが背後から手を伸ばして眉間を揉んだ。

「ごめん」

「謝んな。お前が全部抱えることない」

「やっぱりわたし、疲れてるみたい」

近ごろはおばあやんまでボケだして、ものを盗られたと言いだしたり、スルメを少年時代の賢悟と間違えたりもする。

「これから、どうなんのやろ」

「大丈夫。みんな、きっとうまくいく。根拠はなんもないけどな」

「うわ、テキトー」

それでも弱音を吐く相手がいるのはありがたかった。顔がほころび、眉間のシワはひとりでに消えた。

環状線《かんじょう》に乗って新今宮に着くと、そこから家までは時間差で帰る。つき合っていることはまだ誰にも言っていないし、事を済ませたあとではなおさら決まりが悪い。

「やっかいな町やで」というカメヤのぼやきに、以前より愛着が込もって聞こえるのは気のせいだろうか。

コーヒーを飲んで帰るというカメヤを残し、千子が先に出発した。堺筋《さかいすじ》通りを北上する途中でサイレンを鳴らした救急車とすれ違う。北詰通りに入るといつになく空気がざわつき「味よし」の前に人だかりができていた。

「こんのクソガキャ。謝らんかい」

人の頭の向こうから老人の怒鳴り声が聞こえてくる。ゲンコがまたなにかしたのか、ガラス戸は開け放たれて、騒ぎは店の中で起こっているようだ。

「乾物屋のじいちゃん！」

　慌てて店内に踏み込んでみれば、隣に住むじいちゃんがのれんで仕切られた居住部に向かって声を張り上げていた。その正面に賢悟が腕を組んで、通せんぼのように立ちはだかっている。いつもの場所に座っていたおばあやんが千子の袖を引き、「アンタも隠れ。子ぉ盗りが来たわ」と意味不明な忠告をした。

「おう、センコちゃん。アンタどうにかしてくれや。ゴンタのゲンコじゃ話んならん」

　普段は乾物屋のばあちゃんと二人、高砂《たかさご》人形のように笑っているじいちゃんが、首に青筋を立てて怒っている。年も年だし、このままでは憤死するんじゃないかと心配になった。

「じいちゃん、どうしたん。なにがあったん」

「クソガキが、ウチのばあさんに怪我さしよった」

「もしかして、さっきの救急車？」

　じいちゃんが重々しく頷く。つき添いには「喫茶マドンナ☆」の道子が乗っていったそうだ。

「嘘こくな。スルメはやっとらんゆうとんねやから」

　賢悟はかよわい老人にも遠慮なくすごむ。じいちゃんも負けてはおらず、手にした杖を振り回した。

「だからワシャ、この目でしっかり見たゆうとるやろ」

「そんな八十五年もんの目ん玉、もうとっくに腐っとるわぃ」

「ワシャまだ、八十四じゃ！」

めまいを覚えて千子は額を押さえた。眉間のシワが指に触れる。賢悟のみならずスルメも立派なトラブルメイカーで、相乗効果でさらなる嵐を巻き起こしてくれるのだ。

「落ち着いて、なにがあったんか説明してくれへんかなぁ」

「センコちゃん、聞いたってや。今日ばあさんの誕生日でな、まぁ久しぶりに寿司でもゆうて、食いに行ったわけよ。ほれ、ばあさんアナゴに目がないよってな。二人で熱燗二合分けおうて、寒なってきたなぁ言いながら差しつ差されつ——」

じいちゃんの説明はなかなか核心に至らなかったが、ようするに寿司屋から帰ってきたら、表の郵便受けにスルメがいたずらをしていたらしい。表というのは、ずっとシャッターが閉まっている乾物屋の正面のことである。郵便屋さんも新聞屋さんも裏口まで回ってくれるので表の郵便受けは使われておらず、昨今は通りすがりにゴミを入れてゆくマナー違反の通行人にイライラしていたらしい。

「それがついに現行犯や。ばあさんが近寄って『コレ、アンタ』って声かけたらな、あんガキ走りだしよって、ウチとアンタんちの間に逃げ込んでん」

その隙間に入っていくと、じいちゃん、ばあちゃんが使用している裏口がある。突き当たりにはコンクリート塀が立ちはだかっており、焦らなくてもスルメはもう袋の鼠だった。

「ばあさんは、まぁ子供のすることやしゆうて優しい声かけながら追いかけてったんや。そんだらあのガキ途中で待ち構えとって、ばあさんに足かけて転ばしよった」

「だから、かけてへんゆうとるやろが。じいちゃんの見間違いや。分かったらホレ、早よ病院行け」

「見間違いなはずあるかぃ。そらたしかに暗かったけど、細っこい肌色の脚がしっかり見えたわ」

「だからスルメは、やっとらへん」

賢悟はなにを根拠に言いきるのだろう。郵便受けにゴミを入れるイタズラも、人に足を引っかけるのも、スルメの素行を顧みるにいかにもやりそうなことだった。

「ゲンコ、言いにくいんやけど、スルメのゆうことに信憑性は――」

「アイツは態度も目つきも悪いが、こんな悪質な嘘はつかん」

「そうはゆうてもアイツのおかあちゃん、妖怪通りの淫売やろが」

じいちゃんがそう言って鼻を鳴らす。

「なんでお前がアレを庇い立てするんか分からんが、親が親なら子も子やろ。なぁ」

賢悟の背後に足音が響いた。のれんを掻き分け、スルメが突進してくる。それを賢悟が「おっと」と小脇にかかえて阻止した。

「おかあちゃんの悪口ゆうな、クソジジイ」

スルメは宙に浮いた脚をばたつかせ、どうにかしてじいちゃんに摑みかかろうとしている。ひどい育てられかたをしたのに、スルメは母親の悪口には敏感だった。賢悟が

「困ったおかあちゃんやなぁ」と同情しただけで、頭から突っ込んでいったこともある。

「痛い痛い。痛い、ゆうねん」

滅茶苦茶に振り回す拳が顎に当たり、賢悟はスルメの足首を摑んだ。小柄なスルメはいとも簡単に逆さ吊りにされて、「血ぃのぼるぅ」と叫んでいる。心なしか、楽しそうだ。

「じいちゃん、搬送先の病院分かった。連れてったるから、車乗りぃ」

人垣を押しのけて、顔を出したのは「かめや」の典子だ。

「典子オバチャン、じゃあわたしも」

「いや、ええわ。アンタはあんガキこってり絞ったってくれ。ゲンコは頼りにならんから、しっかりせなイカンで」

じいちゃんの叱責に、千子は思わず拳を握る。「しっかりせな」って、なんで、なんもかんもわたしの肩に降りかかってくんねん。

それでも千子は無理矢理笑った。賢悟の不始末の責任は、いつだってこちらに矛先が向いてくる。

「分かった。ばあちゃんの容体分かったら、電話ちょうだい」

乾物屋のじいちゃんと典子を見送り、野次馬を追い払って引き戸を閉めると、居間からはしゃいだ声が聞こえてきた。先ほどの続きで賢悟がスルメの足を摑み、ぶらんぶらんと振り回しているのだ。こんなことで喜ぶなんて、スルメも年のわりにそうとう幼い。

「ちょっと、狭いところでやめて。怪我すんで」

案の定、スルメの腕が当たって壁の額縁が落ちた。額にはまっていたガラスが割れ、ガシャンと派手な音がする。

「二人ともストップ！　下手に動くな、危ないから」

千子は掃除機を引っ張り出し、破片を手早く片づけた。額には小五のときに作文コンクールでもらった賞状が納まっている。タイトルは「わたしのお父さん」。かれこれ十五年も飾られっぱなしだったものだ。

「ひゃあ。頭フラフラするぅ」

目の回ったスルメが千鳥足で浮かれている。素早く動けないこの機会に、千子は手のひらでスルメの頰を挟み込んだ。

「ごめんなさいは？」

「まぁまぁ、センコ。今のはワシが悪いんじゃ。スマンな」

「小五にもなれば部屋の中で騒いだらどうなるか、分かるやろ」

賢悟のとりなしを無視してスルメを責める。スルメの目がぎりぎりと尖りだした。

「乾物屋のばあちゃんの件は、ホンマになんもしてへんの？」

「しとらん！」

「じゃあ、郵便受けになにしとったん？」

スルメはそこで言葉に詰まった。やっぱりやましいことがあるのだ。

「そういや今朝、お隣さんは田岡さんゆうんかて聞いてたな。それとなんか関係あるのんか？」

賢悟にまで問い詰められて、スルメはますます言葉を失う。

「センコ、放したれ。そんな責められたらスルメかて、言いたいこと言われへん」

その言い草ではまるで、千子が大人気ないことをしているみたいだった。賢悟を睨みつけた隙に、スルメが手からすり抜ける。味方が誰かをよく分かっていて、賢悟の背後に逃げ込んだ。

「アーホアーホ。センコのブスババア、コーネンキ。メンスか！」

「おお、おお。言いたいことホンマに言いまくってくれて」

実際には鳴らないけれど、千子は手の指を鳴らすふりをして威嚇《いかく》する。

「ゆうとくけどな、メンスが終わるからコーネンキが来んねん。意味も分からず使うな！」

「お前、子供になんちゅう言葉教えとんねん」

背後から新たな声が割り込んできた。振り返ると呆れ顔のカメヤが立っている。賢悟が腹を抱えて笑いだし、スルメがウケたと勘違いして、「メンスメンス」と連呼する。

千子はその場に膝をついてうな垂れた。

「メンス女を撃退したどー。よっしゃスルメ、ここはちんちんあるモン同士、一緒に風呂に入ろやないか」

「よっしゃぁ」

二人の怪獣系男子は着ているものを脱ぎ捨てながら、足音高く風呂場に向かう。毎日がこれでは、千子が疲れて当然だ。カメヤが哀れに思ったのか、「よしよし」と背中を撫でてくれた。


典子からの電話連絡によれば、乾物屋のばあちゃんは肋骨《ろっこつ》が折れていた。頭も打ったようだがこちらは異常がなく、念のための一泊入院になるらしい。ケータイの通話を切り、千子はお隣の郵便受けを覗いた。

「あれ、なんもないなぁ」

使われていないだけあって、鍵もなければネームも出ていない。蓋を開けると中は空っぽだった。

「なにをしようとしてたんや、スルメは」

家族経営が主体の北詰通商店街は夜が早い。どこもかしこもシャッターを下ろしていて、十時を過ぎれば営業しているのはツレコミの宿とスナック長屋くらいのものだ。

「味よし」から洩れる光ととぼしい街灯の元、名探偵千子は腕を組んだ。

「やっぱりスルメが足かけたと思っとる？」

「もちろんだよ、ワトソン君」

「誰がやねん」

カメヤが定石どおりのツッコミを返す。よその町で会うと緊張するのに、ここでは不思議なほど自然体だ。

「だってアイツ今までだって、わたしの向こうずね蹴ったり、バケツぶちまけたり、ブラウス汚したり、逃げるためならなんでもすんねん」

悪行の数々を思い出すと腹が立ってきた。庇えるところなどなにもない、スルメはただのクソガキだ。

「それにあの子の描く絵、おかしいし」

「絵？」

ゴミ屋敷みたいな部屋にいたせいか、スルメにはとにかく白いものを汚したくなるという性癖がある。買い与えたばかりの白い靴下で靴も履かずに走り回っているのを見て、千子はついにキレた。

「そんなに白いモン汚したいんやったら、紙に色でも塗っとれ！」

物置から発掘した小学校時代のクレパスとスケッチブックを与えて以来、スルメは暇さえあれば絵を描いている。まるで志半ばにして死んだ画家の魂でも乗り移ったみたいに、熱心に。

「最初のころは、ただの線やってん。ボールペンの試し書きみたいなんを何色も厭《あ》きんと重ねてな。それが最近、ちゃんと絵になってきて」

家と人間のサイズが同じという、幼稚園児レベルの平面的な絵だ。その幼稚さはまだしも、配色が普通じゃない。紫色の太陽と月が並び、その下に紫色の人間たちがうごめいている絵を見たときには、あまりの禍々《まがまが》しさにギョッとした。

「とにかく紫一色やってん。絵って深層心理が出るゆうやろ」

「だからおかしいと?」

「だって太陽と月が真隣に並んどるし、わらわらしてる棒人間がまた不吉な感じで」

「棒人間?」

「丸に棒線の人間」

イメージが摑めたらしく、カメヤが「ああ」と頷いた。

「そのへんは専門家やないから俺には分からんけど、スルメはこんな大ごとになるとは思ってなかったんちゃうか。アイツくらいの年なら転んでも膝すりむく程度やろ。年寄りの骨がどんだけ脆《もろ》いかなんて、想像もつかんやろし」

「せやけど、人をすっ転ばそうゆう発想じたいが間違うとる」

「そうかな。男の子なら友達同士でけっこう気軽にやる思うけど」

また出た。「ちんちんあるモン同士」の連帯感。千子にはまったく理解が及ばないスルメなのに、賢悟とカメヤにとってはそれほどでもないらしく、ポツンと疎外感を嚙みしめる。

スルメの笑い声交じりの悲鳴が聞こえてきた。千子は「味よし」と乾物屋の隙間を覗く。この奥に風呂場の窓があるのだ。水面を叩くような音がするのは、賢悟の水鉄砲だろう。あのゴツイ手で飛ばす鉄砲の威力はすさまじい。

「すっかりゲンコさんに懐いたな」

「精神年齢同じくらいなんやろ」

とはいえ小五にもなって、狭い内風呂にオッサンと入りたがるものだろうか。節々に現れる幼さが幼児返りのようにも思え、言動が賢悟に似てきているのも、庇護《ひご》してもらえる相手に似せてかわいがられようという、生存本能の現れなのかもしれない。

「学校も不登校やったのに、行きはじめたんやろ？」

「そう。せやから給食費が大変やったの」

千子は鼻から盛大にため息をついた。

三好家に来てからのスルメは前よりよくなったように思えるが、その心に抱える闇は計り知れない。虐待されて捨てられた子供のケアなんて普通なら専門家の手が入るケースで、町場の一般家庭には荷が重いのだ。

「味よし」側の外壁に立てかけてあった箒が倒れているのを見て、千子は腰を屈めた。その柄を立て直し、「ん？」と首を傾げる。

「どうした？」

「いや、あれなんやろ」

肩を縮めて隙間に入ってゆく。少し行った先に白い布が落ちており、手に取って広げてみると、女物のズロースだった。

「これ、もしかして」

夏の盛りにスルメがコインランドリーから持って逃げたズロースだ。風呂場の明かりを頼りに見ると、ゴムの部分にマジックで「田岡」と書いてある。それがお隣さんの苗字だとスルメが知ったのは今朝のこと。あのときはずみで持って帰ってしまった洗濯物を、郵便受けに返そうとしていたというのか。

あとに続いて入ってきたカメヤが、千子が立て直したばかりの箒を引っかけて倒す。肌色の柄が、通路を通せんぼするかたちになった。

「そっか、なるほど」

カメヤが手を叩く。犯人の正体見たり。スルメは嘘をついていなかったのだ。

「乾物屋のばあちゃんがつまずいたんはコレか。動転しとって、スルメの脚と勘違いしたんやな」

カメヤの解説を聞きながら、千子はその場にしゃがみ込んだ。

「どうした？」

「なんちゅうか、ちょっと――」

額に浮いた汗をズロースで拭ってしまい、慌てて小さく折り畳む。

スルメの言い分を、はなから嘘だと決めつけていた。乾物屋のじいちゃんが言ったように、千子だって親が親なら子も子だと思っていたのだ。そんな偏見のせいで、スルメはどれだけ損をしてきたのだろう。じいちゃんに飛びかかっていった、山猫のような表情を思い出す。

「うん、ちょっと、自己嫌悪」

「ま、しゃあない。信じてもらわれへんのはアイツの素行が悪いせいもあるんやし」

きっとスルメの心はこういうことの積み重ねで歪んできたのだ。今回は千子もそれに加担してしまった。

「全面的に信用してくれた大人って、ゲンコさんがはじめてなんかもしらんな」

風呂場ではなにをしているのか、「た〜んた〜んた〜ぬき〜のキ〜ンタ〜マは〜」と歌うスルメの声が聞こえてくる。カメヤが苦笑しながらその窓を見上げた。

「そら、懐くはずや」

歌の後半は賢悟のだみ声が引き取る。

「か〜ぜもないのにぶ〜らぶら〜」

キャハハハハハ！

五　おじいやんの味

荷物は幌《ほろ》つきの二トントラックにすべて収まってしまった。

運転席から短く刈ったごま塩頭が顔を出し、「ほな」と言っただけで走り去る。車体が角を曲がって見えなくなるまで、北詰通りの馴染みの面子で見送った。

ごま塩頭の男は乾物屋のじいちゃん、ばあちゃんの息子で、名前をヨーイチと言うらしい。農業高校を出てすぐ山梨の桃農家に就職し、盆、正月も帰ってこなかったから千子にはまったく面識がなかった。だがあまり年の違わない賢悟はかつて一緒に遊んだ――いや、いじめた経験があるのだろう。

「寂しなるなぁ」

「まぁ、じいちゃん、ばあちゃんも息子に見てもらえたほうが安心やろ」

道子がしみじみと呟き、ツレコミが十二月の曇り空に向かって葉巻の煙を噴き上げた。プリプリしているのは典子である。

「せやけどヨーイチの奴、『こんなガラの悪いとこ置いとくんやなかった』って、なんやあの捨て台詞。長いこと親ほっぽっといて、偉そうに」

スルメがばあちゃんを故意に転ばせたという誤解は解けたものの、よそ者がのさばりだした北詰通りをヨーイチは快く思っていないようだった。ばあちゃんも怪我をきっかけにすっかり気弱になり、老夫婦はひと足先に山梨のヨーイチ宅に身を寄せている。

　乾物屋の一階のシャッターが下りているのはいつものことだが、今や二階の雨戸まで閉《た》てきられ、中に残された大型家具はそのうち廃品回収業者が引き取りにくるそうだ。住人のいなくなった空き家はたちまち荒れて、いつしか更地になるだろう。また一つ、町の歴史が消えてしまう。

「でも、ヨーイチやからなぁ。アイツはガキんころからとにかく桃が好きで、形に色ににおいに艶に、桃ほど完璧なモンはこの世にないゆうて、通信簿にすら『桃が大好きなようです』って書かれとったくらいの桃狂いや。桃にかまけて帰ってこれんかったんやろ」

「えっ、なにそれ。ヨーイチ、ちょっとキモない？」

「せや。最初はみんなそういう目でアイツを見るんや。でも桃への愛が強すぎて、なんか尊敬しはじめんねん、遠巻きに」

「敬遠されとるやん」

　賢悟と千子のやり取りに、カメヤが声を出して笑った。

　木枯らしが吹き抜けてスルメが「さぶ」と首を縮め、この子にそろそろダウンでも買ったらなアカンなと、千子は頭の中でそろばんを弾く。スルメの頭に賢悟が分厚い手を載せた。

「お前も見送りよう頑張った。よし、さっきのオッチャンがくれた信玄餅でも食おか」

「餅！」

言うが早いか、二人揃って「味よし」に駆け込んでゆく。

「騒々し」ボソリと呟き、咥え煙草の朱美がひと足お先に旅館の受付へと戻っていった。

他の面々も思い思いに解散してゆく。そんな中カメヤがつつつと寄ってきて、千子に耳打ちをした。

「今朝プロトタイプ三号ができたから、あとで持ってくわ」

満足そうなその顔を見て、千子は「また作ったんかい」という小言をのみ込んだ。

「なぁセンコ、なんやこの黒いの。お好みソース？」

スルメが信玄餅についている黒蜜の容器を振り回している。居間を突っきって台所に入ろうとしていた千子は、「ああ、もう」とスルメの手から容器を奪った。

「きな粉餅にソースかけるアホがどこにおるん。すぐお昼にするから、おやつはあとで」

「返せ。アホ、ケチ、ヘイケイ！」

「閉経はしとらん！」

この口の悪さはどうにかならんものか。千子は畳に膝をついてスルメと目線を合わせる。

「あのな、そういう女性のデリケートなことは、あんまり大声でゆうたらアカンの」

「せやけどクラスの女ども、でっかい声でゆうてんで。今月キッツイとか、血ぃ洩れたとか」

「ああぁ――」

発育不良でとてもそうは見えないが、スルメは小学五年生だ。女子の初潮が早まっているとはいえ、そこまで大っぴらになっているとは。千子のころはまだ、男子の前で話題にしない程度の恥じらいはあった。

「センコくらいのババアになったら、枯れてしまうんやろ？」

「枯れてへん。ちねお姉ちゃんはまだ二十六！」

あれ、でも最後に生理が来たのはいつやったっけ。ズレやすいタイプだからあまり気にしていなかったけど、今回は間が空きすぎているかもしれない。

「あ、コラ！」

千子が自分の月経周期に思いを馳せているうちに、スルメがテーブルの上の信玄餅を摑めるだけ摑んで店舗に逃げた。上がり口に座る賢悟が鷹揚に笑う。

「かまへんやないか。餅も昼もどっちも食うたらええ」

本物の餓えを知っているだけに、スルメは食い物に意地汚いところがある。のれん越しに「うほぉ〜い」とはしゃぐ声が聞こえた。

「男の子はかえらしぃもんやなぁ」

賢悟が目を細めている。出会った当初は「かわいない」と散々こき下ろしていたくせに、すっかり情が移ったようだ。

「あっそ。女の子で悪うございました」

「センコもかわいいで。なんちゅうても芙由子の娘やし」

「同時にアンタの娘でもあるけどな」

賢悟が千子を褒めるときは、いつだってワンクッションが入る。芙由子の娘だけあって賢い、芙由子に似て器用や、芙由子並みに料理がうまい。いつの間にやら壁にかけ直されていた作文の賞状だって、もらったときは「文才まで芙由子に似たんやなぁ。ヨッ、未来の芥川賞作家！」と千子を持ち上げたものだ。

賢悟にとって芙由子は女神様だから、千子の中にわずかでも芙由子の片鱗《へんりん》を見出したいのだろう。でも血の繋がっていないスルメにすら男同士の連帯感を示すのに、実の娘の千子に対してそれがないのは少しばかり寂しかった。

「なぁ。おとうちゃんとわたしの共通点て、なに」

千子の唐突な質問に、賢悟は首を傾げて唸る。考えな分からんことかぃ。

「う〜ん、どっちもB型？」

「分かってるわぃ」

「それから言葉遣いが汚い。芙由子はもっとお上品やった」

「誰に似た思とんねん」

「お前が共通点挙げろゆうたんやろ」

「せやけど――。あっ、おばあやんが信玄餅二つ目！」

スルメと賢悟にかまけているうちに、おばあやんが黙々と信玄餅を平らげていた。戦中戦後を知るおばあやんも、食い意地ではスルメに負けていない。

「んもう。すぐお昼作るゆうてんのに」

「いや、作らんでええみたいやど。昼飯が向こうからやってきた」

店の引き戸の開く音がし、賢悟がそちらを指さした。

「たのもー！」

道場破りのように勇ましいカメヤの声。あいつキャラ変わってきたな、と千子は思った。

ラーメン鉢に醬油ダレをひと掬《すく》い。カメヤが持参した大鍋から黄金色に輝くスープを注ぎ入れ、茹でたての麵を菜箸《さいばし》でほぐす。具はありもののチャーシュー、メンマ、ネギ。人数分が手際よく、カウンターの上に並べられた。

「さぁ、召し上がれ」とカメヤが手を叩き、スルメがフライングぎみに鉢に飛びついた。

「ほな、お手並み拝見といきまひょか」

賢悟がかしこまって割り箸を取る。カメヤとの間に静かな火花が散った。

事の発端は半月前、カメヤが賢悟に向かって「先代の味に戻そうや」と進言したことに遡《さかのぼ》る。それだけならまだしも、「俺が再現してみせる」と見得を切ったものだから、「味よし」二代目としての賢悟の顔も立たない。

「ムリやムリ。ワシにでけんかったんやから、お前にでけるはずがないて」

「いや、ゲンコさんよりは優秀やと思うで俺」

「ほ、ほうかもしらんけど、先代の味がそう簡単に真似られてたまるかぃ」

「たぶんできると思うんやけど」

「ああそうかい、上等じゃ。ほなやってみさらせ、メガネザル！」

「おうよ、完全再現したるわい。この顔面岩おこし！」

そんなわけでカメヤは先代のスープをああでもない、こうでもないと試作していた。今日はプロトタイプ三号、ようするに三回目の挑戦である。

レンゲを使わず鉢から直接スープをすする賢悟を、カメヤは腕を組んで見守っている。ジャンジャン横丁で殴られたのを根に持っているのか、あれ以来クールなキャラはどこへやら、なにかにつけ賢悟と張り合おうとする。

「んまい！」スルメが拳を振り上げた。あっさりした中に鳥ダシの風味が濃く生きていて、先代の味はまさしくこれだったんじゃないかと思ってしまう。さしもの賢悟も「うむむ」と唸った。

「近い。かなり近いでコレは」

「やろ？　今回は赤毛鶏のガラを使うてん。野菜の量を全体的に増やして、魚介系ではサバ節も追加してみた。醬油ダレのほうはシンプルに――」

「いんや、全然違う」

カメヤの説明を途中で遮り、おばあやんが鉢を置いた。すっかり完食しているから旨かったのだろうが、違うものは違うらしい。

「オトーチャンのラーメンはもっとコクが深かった。黒砂糖みたいな甘みとほんのり苦みも混じっとった。こんなんとちゃう」

おばあやんの言う「オトーチャン」はおじいやんのことだ。カメヤもスープを口に含み、ソムリエのように舌の上で転がした。

「やっぱりなぁ。ええとこまで行ってるんやけど、あと一歩やねん。辰代ばあやんは鋭いわ」

十八年も前の、それも子供だったころの味の違いが分かるなんて、カメヤはよっぽど味覚がいい。おばあやんも薄らボケてきたくせに、よく覚えていたものだ。

「でもこれやったら、おばあやんも、このまま店に出してもええ思うで。みんなたぶん、そんな細かいところまで分からへんわ」

「甘い。甘いで、センコ。このメガネは完全再現するゆうたんや。ワシはこんなモンを、先代のラーメンと認めるかぃ」

　さっきまで唸っていたくせに賢悟は現金なものだ。だがすぐに「ゲンコのラーメンより百万倍旨いけどな」とスルメに言われてしょげ返る。自分でもそう思っているようで、珍しく反論しなかった。

　おばあやんが空になった鉢の底をじっと見ている。「どないしたん」と千子が聞くと、「盗られてしもた」と呟いた。

「なぁ、オトーチャンの味、取り戻してくれへんか」

　切実な顔でカメヤに懇願する。困ったカメヤが目で訴えてきた。「辰代ばあやん、大丈夫か」とその目が言っている。千子は「うん、だいぶ進んでるやろ？」と返す代わりに軽く頷いた。

「味を盗まれたわけやないで、おばあやん。分からんようになっただけ。おじいやんが、二階の仏壇に入ってしもたからな」

　おばあやんの背中に手を置いて、ゆっくりと言い聞かせる。おじいやんが死んだこともたまに分からなくなるみたいだから、天井を指さしてそのことにも触れておいた。おばあやんは夢の中にいるような目つきで「ああ、ほうか」と頷くが、たぶん分かっていないのだろう。

「賢悟、賢悟」と、おばあやんが隣に座るスルメの肩を揺さぶる。ゲンコではなく賢悟と呼びかけるのは、スルメを自分の息子の少年時代だと思っているからだ。

「あの兄ちゃん誰やろ。なんでウチの厨房に立っとんの。オトーチャンは?」

スルメが怯えたように身を引き、賢悟がキレた。

「だからナンボゆうたら分かるんじゃ。賢悟はワシじゃ、ええかげんにせぃ!」

「やめて、ゲンコ。怒鳴らんとって」

「そんなんコイツが分からんからや。おいスルメ、行くで」

千子が仲裁に入ったことで、よけいにへそを曲げたらしい。賢悟はスルメを伴って居間に逃げ込んでしまった。おばあやんは背中を丸め「ああ、ほうか」と頷いている。せっかくの休日なのに、一気に疲れが体に回った。

「センコ」と呼びかけるカメヤの声が気遣わしげだ。

「ハハ、おばあやんの恍惚タイムに鉢合わせてしもたな、カメヤ」

まだ一日の大半はまともなのだ。でもふとした拍子にこうなってしまう。決まったサイクルがあるわけでもないし、無事に一日を終えることもあるから、いつ表れるかも分からない。

「病院へは?」

「行けてへん。おばあやんがボケてきたの、ゲンコは認めたくないみたい。相談するとえらい怒る」

誰しも自分の親がボケるのは辛いものだろう。千子だって、今はこんなに元気なゲンコが萎《しお》れて見当違いのことを言いだしたらショックに違いない。その気持ちも分からないではないが、頭ごなしに怒鳴りつけたところで事態が改善するはずもなく――。

「困っとる。芦屋の伯母に連絡するべきなんやろな」

「ああ、あのアクの強いオバハンか」

知らない仲ではないカメヤも渋い顔になる。おばあやんの娘で賢悟の姉だから知らせて当然なのだが、できるかぎりかかわりたくないというのが本音だった。

「ゲンコはあんなやし、お金のこともあるからしゃあないわな」

分かっている。千子がまた頭を下げればいいのだ。下手《したて》に出て伯母を持ち上げて、家のためならそんなの屈辱《くつじょく》でもなんでもない。

「決めた。あとで電話する」

決心がついたらかえってスッキリした。迷ったところで芦屋の伯母に頼らないわけにはいかないのだ。

「ありがと、カメヤ」

「なんもしてへんで、俺は」

「聞いてくれるだけで、だいぶ助かる」

少し前までそんな相手もいなかったのだ。微笑みかけるとカメヤは照れたように首の後ろを掻いた。

「雅人、おるんやろぉ」

しわがれた正子の声がして、入り口の引き戸が開いた。カメヤに用があるわけではなく、それを口実に遊びに来ただけのようだ。その証拠にルビーの指輪とイヤリングをこれ見よがしに着けている。

「ばあちゃん、またオカンに怒られんで」

「やかまし。ウチの蔵のモンはアタシのモン。ホレ辰代、見てみぃ」

カメヤの小言を強引にねじ伏せて、正子は婚約会見の女優のように左手の甲を突き出した。おばあやんはとろりと光る色石を瞳に映し、ぼんやりとしている。

「正子ばあちゃん、今はちょっと――」

とりなしかけて、千子はおばあやんの瞳に映り込む赤色が濃くなったことに気がついた。正子も様子がおかしいと悟ったようだが、ひと足遅い。

喉を絞るように叫んで、おばあやんが正子に摑みかかった。取り押さえようとするも、年寄りとは思えないものすごい力だ。

「正子、お前かぁ」

「よくもウチの人盗りよって！」

「ええっ？」

声が裏返った。盗られたって、おじいやんのことかいな。

カウンターを回り込んできたカメヤが、正子からおばあやんを引き剝がした。おばあやんは羽交い絞めにされてもなお、「よくも、よくも」と暴れている。呟き込みながら、正子も負けじと怒鳴り返した。

「おまん、まだそないなことゆうてんのか！」

この騒ぎに、賢悟がのれんを分けてのっそりと顔を出す。

「なんや、喧嘩か。ここまで派手なんは久しぶりやな」

「久しぶりてアンタ」

「このばあさんら、昔はよう殴り合っとったもんじゃ」

今度は正子から飛びかかった。とっさにカメヤが向きを変え、背中を使ってガードする。

「ゲンコ、笑うてんと手伝って」

千子は子泣き爺よろしくカメヤの背中に張りついた正子を剝がしにかかった。肩越しにおばあやんを殴ろうとするので、カメヤの鎖骨が被害に遭う。

「ちょっとばあちゃん、ええかげんに――」

「うっ」カメヤの腕の中でおばあやんがうめく。正子の拳が当たったのかと心配して覗き込むと、その体はカメヤに支えられたまま、ずるずると土間に崩れていった。

「おばあやん！」

体を揺さぶろうとして、「アカン、動かすな」とカメヤが制す。

「救急車！」という指示が飛び、千子は呆然と立ち尽くしている賢悟を押しのけ、居間へと走った。

おばあやんが病院に搬送された翌朝、いったん家に帰り、入院に必要なものを掻き集めて戻ると、ＩＣＵの前のベンチに芦屋の伯母が座っていた。

「げっ」と声が出そうになったのを辛うじてのみ込む。千子は寝不足の色も隠せぬすっぴんなのに、伯母は髪をきっちりブローしておてもやんメイクを施していた。久しぶりに会うと、頰から下の骨格がさらに歪んだようだ。あれは心の歪みの表れやと、賢悟がよく陰口を叩いている。

「遅い」

横柄な口調で千子を責めた。一番遅いのは自分だと分かっているのだろうか。昨夜は夫主催のチャリティーパーティーがあるから抜けられないと言ってよこし、朝も十時を過ぎてのお出ましだ。誰より走り回っていた千子が文句を言われる筋合いはない。

「なんで誰もおらへんの」

「ＩＣＵやし、つき添いはいらん言われて」

「は、手術したばっかりやのにか」

「連絡さえ取れるようにしといてくれたらってことで」

「使っかわれへんわぁ」

伯母がいまいましげに吐き捨てる。一番使われへんのはお前じゃと苛立つも、疲れているおかげで顔に出さずに済んだ。目線で伯母に促され、千子はしぶしぶ並んで座る。近寄ると化粧品と体臭の入り混じった、発酵した米糠《こめぬか》みたいなにおいがした。

「どうなん？」

唐突な質問に面食らう。首を傾げると、「おばあやんの容体に決まってるやん」と激怒された。心配なら看護師でも摑まえて聞けばいいのに、妙に内弁慶なところのある伯母はそれすらしなかったらしい。

おばあやんはくも膜下《まくか》出血だった。不幸中の幸いで破裂したのは末端に近い細い血管だったが、手術となるとそれが災いしてカテーテルが行き届かなかった。高齢だから開頭の危険を避けて、脚のつけ根の血管からカテーテルを通し、脳動脈瘤《りゅう》にコイルを詰めるはずだったのに、五時間も挑戦して塞《ふさ》げなかったのである。

「それでけっきょく十五日後くらいに、頭開いて外科手術するって」

「は、なんやそれ。なんでそんなに間が空くのん」

「脳血管攣縮《れんしゅく》ゆうて、十四日までは血管が縮んで脳梗塞《こうそく》になりやすいんやて。その間は血管に刺激を与えんよう、ソッとしとかなアカンみたい」

「なんやここ、ヤブか」

回診の時間で医師や看護師が大勢前を横切ったのに、そんなことを言ってのける無神経さ。千子はそのご一行が見えなくなるまでうつむいてやり過ごした。

「なんでおかあちゃんがこんなヤブにかからないかんねん。転院さすで」

「せやけど意識も戻ってへんし、危険な状態やねん。動かされへん」

だから病院スタッフの心証が悪くなるようなことは言わないでほしい。昨日だって、おばあやんを救おうとどれだけの人が働いてくれたか。そんなことも知らずに、文句だけは一人前以上だ。

でもこちらには弱みがあった。この伯母の機嫌を損ねるわけにはいかない。

「そんでな、伯母ちゃん。言いづらいことなんやけど」

でもいずれ言わなければいけないこと。だったら早く済ませてしまおう。おずおずと切り出した千子の口調からすでに内容を察せたはずなのに、伯母は「ん？」と続きを促す。

「年末やし、ウチもなにかと物入りでな」

「うん、それで？」

なにがなんでも最後まで言わせたいらしい。千子は腹に力を入れた。

「おばあやんの治療費、どうかお願いします」

そのときの伯母の勝ち誇った顔は、きっと一生忘れないだろう。伯母は大仰《おおぎょう》にため息をついて首を振った。

「アンタらときたら役立たずばっか揃っとるくせに、金の無心だけは一流やな。おかげでアタシがどんだけ肩身の狭い思いしてきたか」

千子は唇を噛んで喉元に出かかった罵詈雑言《ばりぞうごん》を封じ込める。おじいやんや芙由子の葬式を出せたのも、店の資金繰りがどうしてもうまくいかなかったときに切り抜けられたのも、伯母の援助あってのことだった。婚家での伯母の面目を考えると、厭味《いやみ》の一つも言いたくなるだろう。

「金に賤《いや》しい人間とはつき合いたないけど、アタシかて自分の母親のことや。そん代わり、明細書はキッチリ見さしてもらうで」

水増し請求を疑われ、千子の我慢も限界にきそうだった。それでも辛うじて「ありがとうございます」と頭を下げる。

「なんや、硬い顔して。かわいない子ぉやな」

唐突に、スルメと自分は似ているのだと思った。世間がスルメに向けるのと同じ目で、伯母は千子のことを見ている。ともに親のあおりを食って損をしている者同士。だからこそスルメをずるずると家に置いているのかもしれない。

「なんや、朝っぱらから疲れたわ。センコ、コーヒー買うてきて」

伯母がシャネルのロゴがついた財布を取り出す。バッグはエルメスのバーキンだ。

「缶やのうて、紙コップのやつ」

そう言って一杯分の百二十円きっかりを握らせる。使いっぱしりの千子に奢《おご》るという発想はないようで、それこそが芦屋の伯母なのだった。

「面会時間になって五分だけ会えるゆうから会わしたったら、大げさなくらいわんわん泣きはじめてさぁ。『おかあちゃん、堪忍。アタシがついとったらなぁ』って、なんやのアレ。看護師さんも呆れとったわ」

千子は大輪の百合の花を活けながら、胸の内にぷちぷちと湧き上がってくる伯母の愚痴を片っ端からぶちまける。湯気の向こうではカメヤがふんふんと頷いて、聞き役に徹してくれていた。

「この百合かて、部屋が殺風景やゆうて病院の売店で買うてきはってんけど、ＩＣＵに生花が持ち込めるか！」

ティッシュを取って、花粉がびっしりと詰まった雄しべの葯《やく》を取り除いてゆく。花粉のどぎつい色彩と、もの欲しげに先端を濡らしている雌しべが生々しくてなんだか嫌な気分だ。作業を終えて花瓶をテーブル席に置き、千子はカウンターに腰かける。

「ところでカメヤはなにしてんの」

「ん、プロトタイプ四号の製作中」

店は臨時休業にしたから、普通なら寸胴鍋に湯気が立っているはずがないのである。千子が帰宅してみると、賢悟とスルメは病院に出かけたあとで、カメヤが厨房を使っていた。

「辰代ばあやんが元気になったら、文句なしのスープを飲ませてやりたいやん」

オトーチャンの味取り戻してと頼まれたカメヤには、使命感のようなものが宿っている。たしかにあのときのおばあやんの切実さからすると、おじいやんのスープが飲めるんならと、三途の川からだって引き返してきてくれそうだ。

「それ、ちょっと飲ましてもろてええ？」

「ホンマはここからさらに一晩寝かしたほうがええんやけどな」

千子は自宅の台所から柚子を取ってきて、カメヤがよそってくれたスープの椀に削った皮とひとつまみの塩を落とす。「あ、それ俺も」と催促されて、同じものをもうひと椀。「鳥さんのスープ」の完成だ。ひと口飲んで、カメヤが「うまっ」と目を細める。

「我ながら上出来やと思うんやけど。あとなにが足らんのやろ――」

喋りながら千子に顔を向けて、ギョッとしたように口をつぐんだ。

「センコ、大丈夫か」

「え？　あ」

頬に覚えた違和感を拭うと、手の甲が涙に濡れている。スープを飲んで、美味しいとか懐かしいとか思うより、体が先に反応していた。味覚から直接、涙腺に信号が走ったとしか言いようがない。滝のごとく流れ出る涙に、千子自身が困惑した。

「あれ、なんやろ。なんちゅうか」

考えがまとまらないまま、塗りのお椀を両手に包んだ。

「コレ、おかあちゃんのスープやぁぁぁ」

温かい湯気と芙由子の笑顔。「ちねちゃん、寒かったやろ」という声までが蘇ってくる。溜まりに溜まっていたものが弾け、千子は声を放って泣いた。

「え、ウソ。ホンマに？」

カメヤは椀にもう一度口をつけ、「ほな問題は醤油ダレか」と顔を輝かせる。厨房から走り出て、うぉんうぉん泣く千子を「よっしゃあ」と抱きしめた。

頭を撫でるカメヤの手が、芙由子の手の感触とダブる。こんなにも覚えていた。あのころの味も空気も、とても愛されていたことも。

千子は「おかあちゃぁぁぁん」と叫びながら、カメヤにしっかとすがりついた。


ICU指定のガウンに着替え、滅菌済みのスリッパに履き替える。手指をアルコール液で消毒し、ようやく入室が許された。

泣き疲れて、「電話番くらいしといたるから」と言うカメヤの勧めに従い、布団に入って数時間後、おばあやんの意識が戻ったと連絡が入った。カメヤが運転する亀田家のムーヴで駆けつけて、待ち構えていた賢悟とともに入室の準備を整えたのだ。

家族以外と子供は面会禁止だというので、カメヤとスルメには控え室で待ってもらっている。ICUの中では慌ただしげに指示の声が飛び交い、看護師が動き、各種検査機器の電子音が折り重なって聞こえていた。カーテンで仕切られただけの一室に招き入れられると、チューブで体を繋がれたおばあやんがうっすらと目を開ける。

息子と孫の顔を認識できているのかどうかは怪しい。一晩で頰がこけ、意識は曖昧なはずなのに白目が恐ろしいほど光っている。点滴の刺さった腕を気遣い、千子はそっと手を重ねた。

「おばあやん、分かる？　センコ。ゲンコもおるで」

おばあやんは眼球をキョロキョロと動かし、唇の端に言葉を載せる。

「ほうか」

おぼろげながら、簡単な言葉は操れるようだ。反対側の手を賢悟が取った。

「痛ないか。まだちょっと手術控えてるさかい、頑張れよ」

おばあやんはやはり焦点の定まらない目で「ふん」と頷く。受け応えも成立しているし、このぶんなら大丈夫。千子はおばあやんの耳に唇を寄せ、とびっきりのニュースを囁いた。

「おじいやんのスープ、完成間近やで。だから早よ元気になって」

「ほうか」

誰かが喋るのに合わせて反射的に頷いているだけのようにも見える。千子はゆっくりと言葉を区切って、質問をぶつけてみた。

「なんか、ほしいもん、ない？」

喉が渇くのかおばあやんはクッチャクッチャと舌を鳴らし、少し考えてから、か細い声で空気を震わせる。「と、り、さ、ん、の、ガ、ラ」繋げるとそうなった。

「鳥ガラか。懐かしなぁ」と、賢悟が頬をゆるませる。

先代の味を守っていたころ、おばあやんは鳥ガラにうっすらとついた身を、「もったいない」と言ってこそげ取って食べていた。ダシを取ったあとのパサパサの鶏肉でも、醤油をちょろっと垂らせば旨かった。

「う〜ん、食べもんはちょっとなぁ」

千子は苦笑する。水すらまだ飲めないのに食べ物を所望するとは、さすが食いしん坊のおばあやんだ。

「なんや、ワシが食べたなってきた。あのガラ、飯に混ぜ込んでも旨いねん。醤油の甘みによう合うねんな」

「ガラやったら、カメヤがプロトタイプ四号作ったから食べられんで。スープはもう完成してな、あとは醤油ダレだけ——」

なにか心に引っかかるものがあった。一瞬後にその引っかかりがなにであるかを悟り、千子は場所も忘れて絶叫しそうになる。

「そろそろですよ」

五分間の面会時間の終了を、看護師がカーテン越しに伝える。千子はおばあやんから聞きたいことを慌てて二、三聞き出した。

「そうそう、ヨーイチの今の苗字。え、知らん？　朱美さんも知らんて？　分かった、ありがとう」

通話を切って千子は「ああ、もうっ」と頭を掻きむしる。これで乾物屋のじいちゃん、ばあちゃんと親しかった心当たり全員に当たってみたが、誰も転居先の住所を知らない。

「くそっ、また空振りや」

隣ではカメヤが、モバイル版の電話帳で検索した山梨県内の果樹園に片っ端から電話をかけている。さすがフルーツ大国と言うべきか、ヒットした件数は四百七件。せめて桃農家の婿養子になったというヨーイチの苗字が分かれば園名に使われているかもしれないのに、それさえ誰も聞いていなかった。

「信じられん、みんな薄情モンか！」

「センコかて聞いてへんかったやないか」

「急に決まって行ってしもたから、聞く機会なかってんもん」

「せめてなに市かだけでも分かってればなぁ。範囲広いっちゅうねん」

千子とカメヤはケータイとスマホを握りしめ、二人揃って肩を落とした。火を落とした「味よし」の店内は薄ら寒い。外が暮れてきたのに気づき、千子は立って電気をつけた。

「乾物屋の醤油やったとはなぁ」

カメヤが眼鏡を外し、レンズをTシャツの裾で拭く。

「そう。あんまりしょっからくなくて、甘みがあって、ほんのり焦がし醤油みたいな苦みもあるねん。メーカーの醤油とはぜんぜん違うの」

ＩＣＵでの会話で、先代の醤油ダレに使われていたのは、「鳥さんのガラ」にかかっていた醤油と同じものだと判明した。だが賢悟もおばあやんも、その醤油がどこのものかは分からないと言う。小さな醬油差しに入れられていて、銘柄や製造元が書かれたものの容器を見たことがないのだ。手がかりはおじいやんの、「隣の乾物屋から仕入れとる」というひとことだけ。そんなわけで乾物屋のじいちゃん、ばあちゃんの行方を追っている。

「タイミング悪いなぁ。お隣が引っ越す前に分かっとればよかったのに」

「ボヤいてもしゃあない。他になにか方法ないか——。興信所にでも頼むか？」

「ナンボかかんねん。これはもう地道に、電話攻撃しかないんちゃう？」

「でも、ヨーイチのトコがこのリストに載っとるとはかぎらんぞ」

カメヤがスマホの液晶画面を千子に向ける。果樹園の名前がズラズラ並び、見ているだけでげんなりしてくる。

「電話帳の検索ワードでもっと絞られへんの？」

「『桃園』だと地名がヒットするし、『桃農家』だとヒット数ゼロ」

「いや、もう。使われへんわぁ」

千子はカウンターに突っ伏した。ひやりとした木の天板に頰をつけて、ごま塩頭のヨーイチを思い浮かべる。あのとき運転していた二トントラックは自前だろうか。車体の側面に農園の名前が書かれていたりはしなかっただろうか。

「ホームページは？　最近はどこも産直通販やっとるやろ。変態的な桃好きのヨーイチやったら桃のよさをもっと世間に知らしめたいやろし、ブログかてやっとるかも」

「あっ、それや！　さっすがカメヤ」

だが検索してみると、産直通販ページも生産者のブログも恐ろしいほどヒットする。千子はカウンターを平手で叩いた。

「どいつもこいつも同じような商売しよってからに。検索順位の下のほうなんて、誰も見ぃひんやないかぃ。もっと差別化できるよう努力せぃ！」

「桃農家の経営方針にキレてもしゃあないやろ」

どちらからともなくため息が洩れる。土間の冷気が足元から這い上がり、体も冷えはじめていた。

「寒いんか？」

腕をさすっていると、カメヤが背後に回って抱きしめてくれる。こうしていると、揺り籠に包まれているような安心感があった。カメヤが千子の頭頂部に顎を載せて喋る。

「腹くくって、地道に電話しよ。それでもヨーイチの農園に当たらんかったら、諦めて他の醤油で代用する。それでどや」

「うん、せやね」

心残りはあるけれど、美味しいと評判の醤油なら他にもある。味筋の近いものを選べば、辰代でも分からないくらいの完成度になるかもしれない。

「あれ、若いモンが盛《さか》っててらよ」

しゃがれ声が割り込んで、大慌てで体を引き剝がした。いつの間に入ってきたのか、戸口に「かめや」の正子が立っている。

「電気ついてたから帰ってるんやと思て来たんやけど、あれよぉ」

正子が孫をニヤニヤと見上げる。カメヤは目を合わせないよう顔を背けた。

「なんか用か？　ゲンコさんとスルメはまだ病院やで」

「そんなもん、辰代の容体聞きに来たに決まってらしてよ」

喧嘩の最中に発作を起こされたのだから、さすがの正子も気に病んでいるのだろう。今日はアクセサリーを一つも身に着けておらず、表情にもいまいちキレがない。

「うん、大丈夫。意識は戻ったよ」

二週間後には再手術が控えているし、脳血管攣縮や合併症の恐れもあると言われているが、千子はいい知らせだけを伝えた。正子が心底ホッとしたように息をつく。仲がいいのか悪いのか分からない間柄だが、いなくなるのはやはり寂しいのだ。

「正子ばあちゃん、心配してくれてありがとう」

だが礼を言われるのは面映《おもは》ゆいらしく、正子は「ケッ」と唇を尖らせる。

「しぶとい女じょ。よっぽど業《ごう》が深いんやわ」

「こら、ばあちゃん」

カメヤが顔を険しくしたが、本心でないことは分かっている。千子も正子に聞きたいことがあった。

「正子ばあちゃん、昔ウチのおじいやんを巡って、おばあやんとなんかあったたん？」

入院と緊急手術のゴタゴタで聞きそびれていた。辰代は発作を起こす直前に、正子に向かって「ウチの人盗りよって」と怒鳴ったのだ。正子は「ああ、あれか」と頷きながら、テーブル席の椅子を引いて座る。

「辰代ゆうのはまぁ、疑り深うて嫉妬深うてきかん気の強い、そらもういやな女やったんやして。ホレ、アタシ別嬪やったやろ。せやしよけいやっかまれてなぁ」

カメヤが「ハイハイ」と気のない相槌を打つ。でも正子は実際に、顔中のシワをスチームアイロンで伸ばせば別嬪さんが現れそうな顔立ちをしている。

「タチの悪いことに、辰代もちょっとは別嬪でなぁ。オカメやったら張り合おうら思わんかったやろに、自分の息子に大火傷まで負わせてしもて」

「息子て、ゲンコのこと？　ゴメンばあちゃん、もちょっと詳しく」

話の全体像が見えてこなかった。女二人の意地の張り合いに、おじいやんと賢悟がどうかかわってくるのだ。

「辰代は、アンタのおじいやんとアタシがデキてるんちゃうかて、疑っとったんよ。事実無根やけども、当時は謙太郎《けんたろう》さんの相談によう乗っとったし、勘違いしてしもたんじょなぁ。よその女に盗られるくらいやったら殺したるゆうて寸胴鍋の湯ぶちまけて、運の悪いことに賢悟が被ってしもた」

今も賢悟の右の太腿《ふともも》には、毛が一本も生えていない。皮膚が不自然に引き攣《つ》れて、ケロイド状になっていた。事故だと聞いていたけれど、まさかおばあやんがやっただなんて。

「信じられへん。わたしの知っとるおばあやんは、そんな激情家やないもん」

いつ見ても置物のように縮こまって、感情の起伏のなさでは仙人の域に達しそうなおばあやん。誰かに盗られるくらいならという、「天城越え」みたいな発想があるとは思えなかった。

「激情家と違ごたら、一流料亭のこいさんが板場の下っ端と駆け落ちしたりするかよぉ。今とは全然時代もちゃうし、まっとうな娘やったら親の決めた人と一緒んなる。アタシみたいにな」

正子はそう言って胸を張る。考えてみればこのばあさんは「親の決めた人」が早世して、女手一つで質屋を守り抜いたのだから、大したものだ。

「賢悟が大火傷負っても、謙太郎さんは辰代を責めへんかった。そのぶん辰代は、自分の中に鬼がおるゆうて苦しんどったんよ。妬《ねた》み嫉《そね》みを封印して、辰代がおとなしいなったんはそれから」

「知らんかった」

「でも、あれだけは零《こぼ》してたわ。『謙太郎さんがわたしにも教えへん隠し味を芙由子さんには教えた』って、アタシに愚痴ゆうくらいやさけ、よっぽど悔しかったんじょ」

おじいやんの葬式で、おばあやんが穏やかに微笑んでいたのを思い出す。「なんで笑っとるん?」と聞く千子に、「これで鬼ともおさらばやし」と答えたおばあやん。優しかったおじいやんのことを、なんで「鬼」なんかゆうんやろと不思議だったが、あれはおばあやんが心の中で飼い慣らしていた鬼のことだった。おじいやんに近づく女は、息子の嫁であれ許せない。そんないじましい鬼が、おじいやんの死とともに姿を消したのだ。あのときのおばあやんの笑顔は、妙に清々しく見えた。

「おじいやんのこと、大好きやったんやね、おばあやん」

その鬼なら千子にも覚えがある。いやきっと、すべての女の心には大なり小なり鬼がいる。ふと細野の妻の顔が思い浮かんで、あの人の中にもおったなぁと思うと、口元が自然にほころんだ。

「そんならなおさら『オトーチャンの味』、取り戻したらんとなぁ」

カメヤが腕を組んで唸っている。話を聞くうちに、他の醤油で代用という妥協案が許せなくなってきたらしい。

「オトーチャンの味？」正子が首を傾げる。

「うん。わたしら今、おじいやんの隠し味を探しとんの。お醤油ってことまでは分かってるんやけど」

「ああ、なんやそんなこと」

正子は合点したように頷いて、自分の顔を指さした。

「それ、アタシの実家のお醤油やして」

千子もカメヤも思考が止まった。正子をまじまじと見つめながら、聞いたばかりの衝撃の事実を、頭の中でゆっくりと反芻《はんすう》しはじめる。芙由子だけしか教わらなかったはずの隠し味——。

「どういうこと？」と千子は眉根を寄せた。

線香の煙が漂う中、狭い居間は三分の一が祭壇に占拠され、あとのスペースは馴染みの顔でごった返している。暖房がいらないくらいの人いきれ。見かねて千子が指示を出す。

「焼香の済んだ人から、店のほうに出てくださーい。でも帰らんと待っててな」

棺桶の横に張りついて、賢悟は慣れない正座とこぼれそうな涙を我慢している。おばあやんは意識が戻った三日後に、容体が急変して息を引き取った。危篤の報に会社から駆けつけたものの間に合わず、千子は死に目に会えなかったが、最期に笑顔で「オトーチャン」と呟いたそうである。

「親父、迎えに来とったんかなぁ」と言って、賢悟は顔の造形が分からなくなるほど号泣した。わざわざ迎えに来るなんて、おじいやんもなかなか味なことをする。

「なぁ、センコ」

今日ばかりはスルメも殊勝で、来客の対応に忙しい千子の肘を控えめにつつく。

「コレ、棺桶に入れてもええ？」

手にしているのはスケッチブックから破り取った画用紙だ。いつか見た紫一色の絵だった。必死に意地を張っているが、スルメの目の縁はほんのりと赤い。近ごろ少し、背が伸びた。

「この絵、おばあやんの絵やから」

「え、どのへんが？」

太陽と月が真横に並び、棒人間が群れているその絵に、おばあやんらしき人物は描かれていなかった。いつもだったら千子の質問を「知るかい」とはねつけるスルメが、絵を指さして説明してくれる。

「おばあやんに好きなモン描いたるゆうたらな、毎日ここにおるんが好きなんやて。レジの横におったら町のやかましい声もよう聞こえるし、ゲンコがサボッとるんもよう見える。センコは毎日おばあやんの前を通って学校行って大きゅうなったんやろ？　今度は俺が大きなんのを見守ろかな、ゆうてたん」

不覚にも涙が出そうになった。それをこらえて、「うん、それで？」と先を促す。

「この、わらわらおる人間は、お日さんとお月さんが何回も昇って沈んでしてる間、おばあやんが見守ってきた町の人ら。紫はおばあやんの好きな色」

「そうか。そんなん知らんかったわ」

いつも茶色のグラデーションみたいな恰好をしていたくせに、紫なんて艶っぽい色が好きだったなんて。千子はスルメの頭を撫でて頷く。

「うん、棺桶入れたって。おばあやん、喜ぶ思う」

はじめて撫でたスルメの頭は、少しいびつでゴツゴツしていた。

「ちょっとセンコぉ」

感傷に浸っている暇もない。呼ばれて店舗に出ていくと、テーブル席に芦屋の伯母とその娘、杏奈《あんな》が座っている。杏奈はケアに金のかかっていそうなロングストレートを掻き上げて、険のある目を千子に向けた。

「アタシ、ビール飲まれへん。お茶淹れて」

「ああ、お茶やったらそこのヤカンに」

「そんな煮出したやつ違《ちご》て、急須で淹れた緑茶が飲みたいの」

このわがまま姫には、忙しく立ち働いている千子を手伝う気がないばかりか、思いやりすらもないようだ。子供時代のお気に入りの遊びはお姫さまと下僕ごっこ。もちろん千子が下僕役だ。そんな娘をたしなめるどころか、芦屋の伯母まで客人よろしく座っている。伯父はそもそも来てすらいないし、この親子は本当にどうしようもない。

「そうかい姉ちゃん。ほなワシと茶ぁしばきに行こかぃ」

わざと厳めしい声を出して、割り込んだのはツレコミだ。ダークスーツが似合いすぎ、ますますマフィアのドンっぽい。後ろには朱美が『極道の妻《おんな》たち』のジャケットになりそうな眼光で控えており、杏奈は喉の奥で悲鳴を殺した。

千子は「あんがと」と目線で伝え、二人を焼香台へ案内する。各テーブルのビールとおつまみが切れかけていた。補充せな、と思って戻ると、典子と道子がお酌に回ってくれている。

「はいはい、マスター。お代わりは？」

「おやまぁ、トウの立った酌婦《しゃくふ》やなぁ」

典子と夫のかけ合いを笑って見ていた道子が、「こっちは任せて」と言うように頷きかける。千子は満面の笑みで頷き返した。

「おーい。センコ、できたでぇ」

カメヤがカウンターの上に湯気の立つラーメン鉢を並べはじめた。千子は「はぁい」とお盆を持って受け取りにいく。最初の一杯は、おばあやんへのお供えだ。

「通夜振る舞いがラーメンて。アタシお寿司食べたぁい。なぁおかあちゃん、坊さんすら呼んどらへんし、この通夜ちょっとひどない？」

「このお金かてアタシの懐から出とるんや。気ぃ遣うて質素にしてくれたんやろ」

聞こえてんで、とツッコミたいのをこらえて居間に上がる。祭壇の前には般若心経が唱えられるというだけで、保が座らされていた。たどたどしい読経《どきょう》だが、町のみんなで送ったほうがどんな高僧を呼ぶよりありがたい。「おばあやん、長いことお疲れさん」って、笑顔で見送ったろうと賢悟と決めた。祭壇の線香やロウソクをちょっとよけて、千子はそこにラーメン鉢を置く。

「なんやコレ。ゲンコのラーメンと違うがな」

保が読経も忘れてラーメンに見入る。黄金色に輝くスープ。千子は遺影に向かって手を合わせた。

「おじいやんのラーメン、できました！」

このラーメンの味の決め手となる醬油は、正子の実家で作られているものだった。正子が生まれ育った和歌山県の湯浅町は醬油発祥の地で、正子の実家は百七十年の歴史を持つ三桝屋という蔵元だったのだ。

「謙太郎さんから相談受けての、ウチのお醬油試してもろてたんよ。そら嫉妬に狂うてる辰代にはゆわれへんよなぁ。内緒にしといてほしいて、アタシも口止めされとったんよ」

醬油の製造元がバレて、痛くもない腹を探られるのはかなわん。だからおじいやんは芙由子だけに隠し味を教えたのだろう。カメヤには幼少時代に祖母の実家へ遊びにいった薄い記憶しかなく、醬油の蔵元だということすら覚えていなかった。

「それさえ知ってればピンときたのに」

頭を抱えるカメヤをなだめ、お取り寄せができるというのでさっそく一本注文した。産直通販バンザイと千子は思った。だがその醬油が届くより先に、おばあやんは逝ってしまったのである。

「んまい！」

ツレコミの野太い声が響き渡る。それに続くように、あちこちで称賛の声が上がった。ズルズルとスープをすする音。保までが読経をやめてラーメン鉢に飛びついた。

「まるっきり先代の味やないか。『かめや』の小倅、やりよるな」

「懐かしわぁ。喧嘩したらアンタいつも、『味よし』のラーメン奢ったるから許してくれゆうてたなぁ」

「そんな暴露はやめてんか」

先代のラーメンにまつわる思い出話が語られて、はじめて食べるスルメも「センコ、これすっげぇ」と瞳を輝かせている。ふと見れば賢悟がラーメンをすすりながら、滝のような涙をこぼしていた。きっと「おとうちゃんのラーメンやぁぁぁ」と、心の中で叫んでいる。おじいやんとおばあやんの記憶が目まぐるしくて、胸がいっぱいなのだろう。笑って見送ろうって約束したのに、しゃあないなぁ。

「ちょっとおかあちゃん、どないしてん」

店からは焦ったような杏奈の声。様子を見にいくと芦屋の伯母が、ラーメンをすすりながら滝の涙を流している。

千子は掻き分けたのれんを元に戻して、見なかったことにしておいた。

六　センコとゲンコ

ショーバイハンジョでササもてこ〜い。

お馴染みのフレーズがスピーカーからエンドレスで流れている。大阪の冬の風物詩、一月十日のえべっさん。新世界からほど近い今宮戎《いまみやえびす》神社の狭い境内は煌々《こうこう》と明かりが灯り、参拝客で賑わっている。三好家は喪中ということで質素な正月だったが、これは商売人のお祭りだ。笹をもらわないわけにはいかない。

「十時過ぎとんのに、えらい人やな」

人の波に押されてカメヤが顔をしかめる。先代の味を復活させてからは、次の職が決まるまでという条件で店を手伝ってくれていた。営業時間が終わってすぐ、賢悟とスルメも交え、四人でお参りに繰り出したのだ。

「ゲンコ、福娘の行列に並ばんとって。福オバチャンとこのほうが早い」

千子は賢悟の着ているてらてらの「ジャンパー」のフードを摑む。首が締まって賢悟が「ぐえっ」と喉を詰まらせた。

「せやけど別嬪さんにつけてもろたほうが福来そうやないか」

「でも見てみぃ、オバチャンたちのあの勢い。あっちのほうが景気ええがな」

えべっさんでは本殿でいただいた福笹に、福俵や小判などの縁起物をつけてもらって帰る。その縁起物を販売しているのが、三千人近い応募者の中から四十人だけ選ばれた福娘だ。競争倍率が高いだけあっていずれも劣らぬ別嬪さん揃い。そんな美人が手ずから縁起物をつけてくれるのだから、皆ありがたがってアイドルの撮影会よろしくカメラのフラッシュまで飛び交っている。

一方「福オバチャン」のブースは空いていた。売っている縁起物は同じだが、年齢層はちと高い。「買うて〜買うて〜」と妖怪のように唱え続け、歯グキを見せて笑っている。

「オレもあっちのほうがええ」

生意気にも福娘を指さすスルメを、問答無用で閑散《かんさん》としたブースに引きずって行った。

ショーバイハンジョでササもてこ〜い。

「おっと、大丈夫か」

人に押されてつんのめった千子をカメヤが支える。とっさに手で下腹を庇っていたことに気づき、千子はその腕をぎこちなくほどいた。

「うん、平気。ありがとう」

もう一ヶ月近く、カメヤと二人っきりになるのを避けている。もの問いたげな視線を無視して、千子は予算も考えず好き放題に縁起物をつけたがる賢悟とスルメをたしなめた。

福笹が縁起物でしなるようになったら、本殿の裏に回ってステッカーだらけの銅鑼《どら》を叩く。えべっさんは福耳すぎて耳が遠いので、大きな音を出して「頼んまっせ」と念を押さないと聞いてくれない。賢悟が銅鑼を平手で叩き、「『ラーメン味よし』、お願いしまっせ」と声を張り上げると、まったく関係のないオッチャンが「まかしときっ」と応えた。

「これで商売繁盛間違いなしや。なんせおじいやんのラーメン復活やからな」

賢悟が満面の笑みを千子に向ける。味を変えてリニューアルオープンしてから、売り上げは右肩上がりに伸びていた。ご近所はもちろん、カメヤがネット上で口コミ作戦を展開しているせいか、遠方からも客が来る。着実にリピーターも増えていて、「味よし」の未来はたしかに明るい。

「今年はええことばっかやで」

賢悟の笑顔から目をそらし、千子は無意識に腹を撫でた。

ショーバイハンジョでササもてこ〜い。

景気の悪い大阪の空に、商売人の切実な願いがこだまする。先行きの不安を振り払うように、声を揃えて唱えていた。

今年の「よくないこと」第一弾は、おばあやんの四十九日法要の際に起きた。法要と言っても例によって保の読経で、親しい者同士のたんなる寄り合いになっていたが、その最中に思いがけない人物が闖入《ちんにゅう》してきたのである。

「こんの、人さらいーっ」

店舗から聞こえる金切り声に、その場にいた全員が身を縮めた。授業中の静かな教室で、チョークが黒板にキュイッと滑ったような、あの感覚だった。

なんやなんやとざわつく面々の中で、千子がいち早く立ち上がる。土間に下りると般若みたいな形相の女が、制服姿のヒロキ兄ちゃんに「まあまあ」と肩を押さえられていた。

「すんません。今日は法事なんで、営業は夕方の四時からに――」

「ラーメン食いに来たんとちゃうわ！」

そんな気はしていたが、女があまりに不快な声を出すものだから、からかってやりたくなったのだ。遅れて賢悟がのれんを分けて、「なんじゃい」と顔を出す。

「スマン。今日は四時からや、オバチャン」

「せやから客ちゃうし、オバチャンでもないっ」

女の首に筋が浮く。その肌年齢を見るかぎり、たしかに第一印象よりは若いのかもしれない。だが表情のとげとげしさと、不摂生《ふせっせい》のしみついた体のたるみが女を老けて見せている。伸ばしっぱなしらしい髪も、ツートンカラーになってパサついていた。

「ヒロキ兄ちゃん、この人なに?」

正気を失っている女より、こちらのほうが話は早い。だがヒロキ兄ちゃんがなにか言う前に、女は居間に向かって呼びかけた。

「翔太を返してください!」

誰のこと? 千子は賢悟と顔を見合わせる。女は同じトーンで「翔太を返してください」「翔太を返してください」と繰り返した。まるで壊れた音楽プレイヤーだ。とめどないリプレイに恐怖を覚えはじめたころ、スルメがツッカケを履いて下りてきた。危ないから引っ込んどき、と注意を与えるより先に、女がスルメにすがりつく。

「しょうたー!」

「あっ」と千子は口を開ける。あだ名で呼び慣れてしまって、うっかりしていた。スルメの本名は佐藤翔太くんだ。

女はスルメを抱きしめて、頰をぐりぐりと押しつける。

「こんなトコでなにしとったんアンタ。おかあちゃんに心配かけんとってや、もう」

千子はその光景を茫然と眺めていた。理解不能な生物が目の前にいる。それがどうやらスルメの母親らしい。法要に来ていた面々も、店舗との境目に押しかけて事の顚末《てんまつ》を見守っていた。

「さっきこのオバ——女性が、『子供が誘拐された』って署に怒鳴り込みに来てな。話聞いたらなんやゲンコのところかいゆうて、ボクが派遣されてきました」

ヒロキ兄ちゃんが勤務する浪速署には、賢悟の顔見知りの警官が多い。悪たれガキのころにはちょくちょくお世話になって、今も悪たれオヤジなものだから、特に定年間際のベテラン層は賢悟を諦めと愛着の眼差しで見ている節があった。

女はしつこくスルメに頬をすりつけて、スルメは無感動にその抱擁《ほうよう》を受けている。賢悟が一歩前に出て怒鳴った。

「『なにしとった』はこっちのセリフじゃあ。ホンマに心配やったら、なんで四ヶ月も子供ほっとくねや」

「いやっ、なんやのこのオッサン」

「誘拐ってどういうことじゃ。ふざけとったらイてもたるらっちゃれるらあ」

「なにゆうてるか分からへんし！」

アカン。興奮しすぎて啖呵《たんか》も切れてへん。千子は賢悟の背中を叩き、さらにその前に進み出る。女は怯えたように顔を引きつらせ、哀れっぽく「ヒイィィ」とうめいた。

「せやかて『佐藤翔太は預かってる』て書き置きされたら、さらわれた思うやないの」

「そんな犯行声明みたいな書きかたはしとらん！」

「いやよもう、怒鳴らんとって。なんやのこの家」

女は土間に座り込み、耳を塞いでイヤイヤをする。誰もが毒気を抜かれてぽかんとする中、動けたのはスルメだけだった。

「おかあちゃん、もうええ。帰ろ」

そう言って母親の背中を撫でる。かたくなにうつむいていて、その表情は窺えなかった。

「せやな、帰ろ帰ろ。こんなトコに用はないわ」

息子を味方につけて、女はまたたく間に立ち直る。集まっている面子を見回し「ケッ！」と牽制すると、スルメのトレーナーの腕を引いてものすごい勢いで立ち去ろうとする。

「あっ、ちょっと待って。スルメ、ツッカケ履きやし。せめて上着を」

千子の制止も聞き入れず、スルメを引きずって行ってしまった。

「エラい女や」さすがのツレコミもそれ以上言葉が続かない。

男にだらしなく、妖怪通りで働き、スルメを捨てて行った女。千子はもっとギラギラの、どぎつい外見を想像していた。

「なんか、思てたんと違ごたわ」

「ああ。見た目、普通のオバチャンやったな」と、賢悟も頷いた。

「なんやのアレ。こっちが悪いみたいな言いかたしてさぁ。母親失格っちゅうか、人間失格やわ」

瓶ビールを手酌で飲《や》りながら、留美がぷりぷりと頬を膨らます。法要に参列してくれた面子の中で、時間のある者だけで精進落としと称して飲んでいた。芦屋の母娘は「坊さんも来ぉへんのやったら行く意味ない」と、最初から不参加である。

「留美、お前こそいつまで正月休みやっとんねん。ええかげん、家帰れ」

「正月休みはとっくに終わっとる。今は小正月休みやし」

「それかてもうだいぶ過ぎとる」

仕事のある者は飲まずに帰り、典子はほろ酔いで順サマのもとへ、道子はビール一杯で酔ったと言って孫を連れて引き上げて、残っているのは留美とツレコミだけになった。カメヤは夕方の営業に向けて黙々と、厨房でスープを仕込んでいる。

「スルメ、やけにアッサリ帰ってったなぁ」

千子の前に置かれたビールは口もつけぬまま、泡が消えてぬるんでいる。母親の背中を撫でるスルメは妙に大人びて、賢悟にじゃれついているのとはまったく別の少年に見えた。「ありがとう」も「お世話になりました」もなく、母親に引きずられながら振り返りもしない。まぁ赤の他人やし、去り際なんてそんなもんか。

「おう、ゲンコおかえり」

ツレコミに迎え入れられた賢悟は、千子が託した段ボール箱をそのまま抱えて戻ってきた。中にはスルメの身の回り品が詰め込まれている。

「なんで、それ」

「いらん、ゆわれた。ちゅうかドアも開けてくれへん」

「せやけど、学校の用意かて入ってるし」

千子はカウンターに置かれた段ボールを覗き込む。我知らず声が震えた。

「あの子背ぇ伸びたから、もう前の服入らんやろ。靴かて、ワンサイズ大きなったのに」

箱の一番上には新調したダウンジャケットが畳まれている。量販店の安物なのに、

「わぁ、これメッチャあったかいやん」とスルメは喜んだ。この寒空の下、はたして着るものは間に合っているのだろうか。

「なんやもう被害者意識の強い女で、話が一切通じひん。児童相談所に通報するぞ、ゆうたら『この人でなし』って泣かれた」

珍しく賢悟も疲れた様子で、「あ、ワシにもビール」と留美にお酌をしてもらっている。

「なんで自分で育てられんくせに、人の世話にもなりたがらんのやろ」

「母親失格、人間失格って非難されてるみたいでいやなんちゃうか。周りから口出しされたら、自分でやれる、思てしまうねん」

「一人でできるもん、か。子供やな」

留美とツレコミの会話を聞きながら、千子は口の中で「母親失格」と呟く。ゾッと体が寒くなった。

「最後にはインターフォンにスルメが出て、『ゲンコもう帰れ』ゆわれたわ」

賢悟は永遠に続きそうなため息をつき、胸ポケットから煙草を取り出す。「店内禁煙」

という千子の注意も聞かずに火をつけた。

「ワシはアイツのことかわいい思てたけど、アイツはそうでもなかったんかなぁ。面倒見てもらわな困るから、愛想ようしとったんかなぁ」

千子は黒いスカートの裾を握る。的外れな賢悟のボヤきが癪《しゃく》に障った。スルメがいつ愛想ようした？　そんな器用な子ぉやったら、もっと上手に生きとるわ。

「やかまし。どんだけようしてあげても、人の子やん。血の繋がった母親には勝たれへんわ。諦め、ゲンコ」

「センコ、お前——」

ひどく気分が悪かった。千子はカウンターに手をついて立ち上がる。

「どないした。真っ青やど」

ツレコミが顔を覗き込んだ。カメヤが厨房からこちらを気にしているのが分かる。千子は首を振った。

「ごめん、ちょっとしんどい。悪いけど休ましてもらうわ」

「大丈夫？」

留美の気遣いに頷き返し、引き上げようとした背中に賢悟の声がかかる。

「そんならスルメの荷物も、いったん持って上がってくれ」

「捨てたらええんちゃう」

言葉が脊髄《せきずい》反射的に飛び出した。

「いらんゆうてるんやから、捨てたらええやん」

「なんやと」

「おっまえなぁ。見損なったど！」

ドン、と拳を打ちつける音が聞こえた。千子は振り返らなかった。

「なんちゅう冷たい女じゃ。お前は最初っから、スルメのこと邪魔モン扱いやったもんなぁ。なにかっちゅうたら金、金、金のことばっかりや。この業突く張り！」

罵詈雑言を聞き流しながら階段を上がる。

自室に入ると、体の中でくすぶっていた吐き気が急に襲ってきた。

襖を叩く音で目を開けた。控えめな、配慮のある叩きかた。返事をすると、カメヤがお盆を持って入ってきた。室内に充満する酸っぱいにおいに気づき、鼻を詰まらせる。

「吐いたんか」

「ごめん」

カメヤは土鍋の載った盆を置き、ゴミ箱に敷かれたビニール袋の口を縛る。それだけでもにおいはかなりマシになった。

「おかゆ、食える？」

千子はベッドに身を起こす。カメヤが土鍋の蓋を取ると、もわっと旨そうな湯気が上がった。このにおいは鳥さんのスープ。食べられそうな気がする。

「店、大丈夫？」

「うん。客の波はいったん収まった」

「今、何時」

「九時」

「あ、もうそんな」

ずいぶん長く寝ていたものだ。どうりで頭が重いはず。千子は体を滑らせるようにして畳の上に座った。

鳥さんのスープで炊いたおかゆは、異物の侵入を全力で拒否している胃腸にもじんわりとしみ渡ってゆく。具は入れず、塩とおろし生姜を落としただけというシンプルさがありがたかった。

「うわぁ、美味しい」

口元がひとりでにほころぶ。おかゆの濃度もゆるすぎず硬すぎず、ちょうどいい粘り気だ。

「やっぱりカメヤは料理うまいなぁ。ゲンコのおかゆなんか、コゲコゲで食えたもんやなかった」

高熱を出したときに、賢悟が一度だけ作ってくれたおかゆ。こんなものを体調の悪いときに食わされるなんてどんな拷問かと思ったが、「どや、食えるか」と心配そうな顔をするから我慢して食べた。それでも「これはおかゆじゃなく、おこげだ」と思い込むと、途中から美味しく感じられるようになったのだから不思議なものだ。

「なんで、泣いてんの」

「あ、ホンマや。鳥さんのスープ飲むと涙腺が弱なって困るわ」

千子はフリースの袖で顔を拭う。こうしてカメヤと向き合うのは久しぶりのことだった。なんとなく、間に漂う空気がぎこちない。きっともう、前のようには戻れないのだろう。

「センコ、もしかしたら悩みでも――」

「ないない。なぁんもない」

カメヤだっておかしいと思っている。打ち明けるチャンスだったのに、千子は首を振って否定した。

「人の心配してんとカメヤこそ、就活うまくいってんの?」

「ん、まぁな。実は経理でオファーが来とる」

「すごいやん」

カメヤは一般企業の経理や財務の仕事を狙っていたようだが、不況下の大阪では希望の職種に就ける見込みは極めて薄かった。それだけに千子は体の不調も忘れ、手を叩いてはしゃぐ。

「大学時代の先輩がアプリ開発とかの会社やってて、そこに誘われてる。六本木やけど」

拍手の手が一瞬止まった。六本木て、東京やんなぁ。そっか。カメヤはやっぱし東京で、一旗上げたいと思うとったんや。

「うん、ええやん。今が旬の業種やし、サイコーやん」

「なに満面の笑み浮かべとんねん」

「え、だっておめでたいことやし」

「さっき、ホッとしたような顔したやろ」

千子は両の頰に手を当てる。カメヤが東京に行ってしまうのならば、言いづらいことを言わなくても済むと思ったのは事実だった。

「センコも一緒に、東京行かへんか」

「ムリ」

「即答か」

目をそらしていたら二の腕を摑まれた。いつもは優しいカメヤの指が、有無を言わせず上腕の肉に食い込んでくる。「痛い」と言わせぬ気迫が千子をたじろがせた。

「俺がなんのために、必死こいて鳥ラーメン復活させた思うとんねん。ただの趣味か？」

「それは、おばあやんのために――」

「そもそもの目的はそうやない。お前をゲンコさんから解放するためや」

千子は息をのんだ。賢悟と張り合うようにしてスープの研究に勤しんでいたカメヤ。

あれは本当に、賢悟への挑戦だったのだ。

「レシピはこの一ヶ月でゲンコさんに叩き込んだ。こないだはグルメサイトの取材も来たし、客はこれからもっと増える。もうお前が手ぇ放しても、充分やっていけるんやで」

ずっと「味よし」の経営を、誰も知らないところで支えてきた。「こんだけ客おらへんのによう潰れへんな」と不思議がられても、「悪運強いねん」と笑って済ませた。ほしいものも友達づき合いも我慢して、ずっとずっと――。

やっと、自分の好きなことができる。

「ゴメン。やっぱり、行かれへん」

「なんでやねん！」

千子はカメヤを振り払おうと身をよじり、カメヤはさせじと腕を揺さぶる。

「だって、だって。おばあやん死んでしもて、スルメも母親に引き取られて、わたしまでおらんようになったら、ゲンコ一人ぼっちやん」

「俺を一人にするのは平気なんか」

「カメヤは誘てくれてる先輩とか、東京に友達、いっぱいおるやろ」

「そんならゲンコさんかて一人やない。ツレコミとかウチのオカンとか、いっぱいおるやないか」

しばらく二人で睨み合っていた。食べかけのおかゆから湯気が消えている。「おかゆ、冷める」と言うと、カメヤはようやく手を離した。

「なぁセンコ、正直に言えや。なんもかんもほっぽり出して逃げたいって思たこと、あるやろ。せやから東京から来た男なんかに——」

「なんもかんもほっぽり出して、そんでカメヤは楽やった？」

千子の放った質問が、カメヤの喉を詰まらせる。相手が言葉を失っている隙に、千子はキッパリと宣言した。

「わたしはこの町から出えへん。ゲンコはわたしがおらんかったらアカンなる」

その確信には揺るぎがない。東京に行ってもカメヤはきっとうまくやれる。でも賢悟は。「お前が嫁に行くまで生きてりゃ充分」と言いきる賢悟は——。

「ようするにそれは、お前が親離れできてへんだけや」

「そうかもな。だってわたし、ゲンコの娘でセンコやし」

センコという呼び名が嫌だったころ、『ちね』って呼んで、「おとうちゃん」と文句をつけたことがある。賢悟は飄々《ひょうひょう》としたもので、「でもセンコのほうがワシの娘っぽいど」と言ってのけた。「センコとゲンコ。ホレ、響きが似とるやろ」

沈黙の後、カメヤはものも言わずに立ち上がった。襖を開けて出ていきかけて、思い出したように嘔吐物の入ったビニール袋を拾い上げる。カメヤの後ろ姿を遮った襖を眺めながら、千子は冷めたおかゆを口に運んだ。

鳥さんのおダシはやっぱり美味しい。美味しすぎて次から次へと涙があふれてくる。

膝を抱えて座ったら、出っ張りだしたお腹がつっかえた。

この中に「東京から来た男」の子供が入っていると知ったら、カメヤはどんな顔をするだろう。

カメヤを失いたくなくて、言わなきゃいけないと思いながらもずっと、言えなかった。


コーヒーのボタンを押しそうになって、少し考えてからオレンジジュースに変更した。休憩スペースのソファに座り、千子は窓の外を眺める。冬の日暮れは早く、足元には夜景が広がっていた。

「お、三好さんお疲れぇ」

営業部の顔見知りが手にしたファイルを軽く上げて通り過ぎる。千子もジュースのカップを持ち上げて挨拶を返した。大幅なリストラが敢行された上、残業規制も厳しく、正社員は休憩時間まで削って働いている。部長に圧力をかけられてすでにタイムカードを切った千子も、持ち帰りで仕事をするつもりだった。

果汁一〇〇パーセントじゃないジュースは甘ったるく、ひと口飲んだとたんに後悔が襲う。なんでこんなもん買うてしもたんやろ、と思いながらお腹を撫でた。

スルメの悪ノリのおかげで生理が来ていないことに気づいてから、おばあやんの入院、手術、葬儀と慌ただしく、ようやく産婦人科に行ったときにはもう、妊娠十三週に差しかかっていた。どうしようと狼狽しているうちに、いつの間にやら十八週。つまり妊娠中期である。

父親は、たぶん細野で合っている。カメヤの可能性もまったくゼロとは言えないが、細野には思い当たるふしがある。目を閉じるとまぶたの裏に蛍光色のクラゲがたゆたい、千子は慌てて首を振った。

早くどうにかしなければ。だが「どうにか」の手段を考えると、脇腹をミミズが這ったような悪寒《おかん》が走る。ネットを使って調べてみると、中期中絶ともなれば薬剤で人工的に陣痛を起こし、髪の毛すら生えはじめている胎児を無理矢理外に「産む」そうだ。役所への死亡届の提出と、火葬による埋葬も義務づけられている。だったらそれは、すでに人間じゃないか。

正月から里帰りしている留美の子供は、満一歳を迎えた。すくすくと育つ姿を間近に見ると、堕胎《だたい》はやはり忍びない。かといって産み育てるのかと問われれば、その決意も固まってはいないのだ。

千子は目を細め、足元の夜景のはるか先を見晴るかす。二度と会うことはないだろうに、こんな置き土産を残していくなんて。もしもこの妊娠がなかったら、カメヤについて東京に行けたかもしれないのに。

「いや、それはないな」

口に出して否定した。どのみち賢悟を一人にはできない。きっと自分は惚れた男を東京に持っていかれる運命なのだ。

オレンジジュースを一気に流し込み、千子は大阪の夜景に向かって伸びをした。肩と首に疲れが溜まっている。帰ってからまだ頑張らないといけないが、夜更かしや無理はやっぱりお腹によくないのだろう。流れてくれへんかな、と考えて、千子は愕然とした。


賢悟が病院に運ばれた。

という連絡がケータイに入ったのは、会社から本町駅に向かっている最中だった。搬送先は奇《く》しくもおばあやんが息を引き取った病院で、千子は胸騒ぎを抑えられずにすぐタクシーを止めた。

「今年はええことばっかやで」ってゆうてたくせに、ゲンコの嘘つき。

タクシーで移動しながら詳細を聞く。賢悟は階段のてっぺんから下まで、派手に転げ落ちたという。

「階段て、ウチの？」

「いいや」

電話の向こうでカメヤが首を振る気配があった。

「光ハイツの」

「いやあ、ご苦労ご苦労。スマンな、センコ」

賢悟の陽気な高笑いに迎えられ、千子はげんなりしながら持ってきた紙袋をキャビネットの上に置いた。命に別状がないと知ったときは心の底からホッとしたが、今はギプスで白く盛り上がった右足を蹴り飛ばしてやりたい気分だ。

カメヤからの電話を受けて血相変えて駆けつけてみれば、賢悟の怪我は右足の骨折と左足の捻挫《ねんざ》。処置はすでに済んでいて、大部屋のオッチャンたち相手に下ネタで盛り上がっていた。しかも一週間程度の入院になったからその準備をしろと言われ、着いて早々千子は病院と自宅の間を往復するはめになったのである。

「着替えとか、ここに入れとくから」

千子は持ってきたものを仕分けして引き出しに仕舞ってゆく。なにがおかしいのか賢悟はずっと笑いっぱなしだ。

「両足コレやとなにが困るて、小便がなぁ。しびん使《つこ》たら若い看護師さんにワシの小便見られてまうやろ。いやもう、嬉しいやら恥ずかしいやら」

「笑ってごまかせる思たら大間違いやで」

賢悟の笑顔がそのままの形で凍りつく。本気でごまかせると思っていたようだ。

「なんで光ハイツの階段からダイブしたんか、詳しく聞かせてもらいましょか」

光ハイツはスルメ母子の住むマンションだ。他に親しい人もおらず、彼らにかかわろうとしなければ足を踏み入れるわけがない。

スルメが母親に連行されてからも、賢悟はずっと気にかけていた。スルメは学校に行かなくなり、荒れ果てた部屋に引き込もっている。母親の留守を狙ってみても、ドアを開けてはくれないそうだ。三日目から、インターフォンにも出なくなった。

「いや、その。スルメ母に『もう来んとって』って突き飛ばされてな」

せめてスルメの私物だけでも受け取ってもらおうと、賢悟はスルメ母の帰宅を待ち伏せしたらしい。どちらも理性の勝つタイプではないから、当然のごとく口論になった。その末にスルメ母が激昂《げっこう》して、ドン、である。

「アホか。あのタイプ相手にこっちまで感情的になってどないすん」

「せやけどスルメのこと、産みとうて産んだわけやない、ゆうねんもん。それでカーッときてしもて」

千子の胸がズキリと痛む。スルメ母は本当に最低だ。留美やツレコミの言うように、母親失格だと千子も思う。それでもおおっぴらに批判できないのは、わずかに共感してしまうところがあるせいだった。

自分だって同じだ。人工中絶には二の足を踏むくせに、勝手に流れてくれるぶんには大歓迎だと思っている。もしこの妊娠がなかったら、と考えてしまう時点ですでに母親失格だった。このまま中絶の機会を逸して産んだとしたら、いずれ自分もスルメ母みたいになってしまうんじゃないだろうか。

「だからゆうたやろ。あの親子にはかかわらんときて。こんな怪我までして、ええかげんにし。今度こそ児童相談所に通報して、それでおしまい。ええやろ？」

「いや、アカンな」

賢悟は頬を歪め、なぜか不敵な笑みを作った。

「階段から落っこって、しばらく動けんでおったらな、スルメが部屋から走りだしてきてくれてん。『ゲンコ、大丈夫か』ゆうて、泣きそな顔してなぁ。赤の他人やてお前はゆうけど、それでもちゃあんと絆は結べる。ワシャ、諦めへんで」

千子は空になった紙袋を折り畳みながら目を伏せる。どうして賢悟はよその子に、ここまで真剣に向き合えるのだろう。わたしなんかお腹の中で育ってる自分の子供ですら、エイリアンみたいで怖いのに。

「あっそ。じゃあ次は刺されるな」

「縁起でもないことゆうな」

「ゲンコ、もしもな」

「あん？」

「いや、なんでもない」

もしもわたしが父親のおらん子を産んだらどうする？

それを聞く勇気は、まだなかった。

「はぁい、どうもお邪魔しますよ」

そう言いながら恰幅《かっぷく》のいい看護師が入ってきた。患者のオシッコなんて、今さらなんとも思わないようなオバチャンだ。ビニール製のリストバンドを賢悟の目の前にぶら下げて、いがらっぽい声で言った。

「はい、三好さん。入院中はコレつけといてね」

「なんじゃこら」

「患者さんの識別バンド。あ、違う違う。右手につけて」

リストバンドは手首に巻いてスナップで留める構造をしており、利き手側につけるのは若干難しそうだ。もたつく賢悟を見かねて千子が手を出した。リストバンドにはバーコードと賢悟の名前、カルテ番号らしきものと血液型が印字されている。

スナップボタンを留めようとした手がふいに止まった。賢悟の、血液型の欄。そこにアルファベットのOがある。O型という意味だと悟るまで、少し時間が必要だった。

「あら、娘さん？　まぁ色白の、別嬪さんやねぇ」

看護師のお世辞にも反応できず、千子はじっとOという文字を見つめていた。

「妊娠されている方の献血は受けつけられません」

そう言われて千子は献血ルームをあとにした。自分の血液型に疑問を感じて来てみたが、そういえば中学の理科の実験で、ABO式の血液検査をしたことがある。あのとき千子は自らの目で、指先から採取した血液が抗B血清に反応するのを確認した。つまり、千子はB型なのだ。

母親の芙由子はA型だった。A型とO型の両親からB型の子供が生まれる確率はゼロではないが、きわめて稀《まれ》だ。だいいち賢悟は自分自身で、「俺もセンコもB型や」と言っていた。あれはいったいなんだったのだ。

賢悟に問いただしても、「途中で変わったんちゃうか」とはぐらかされる。

「そんなわけあるかぃ」

「いや、あるんやて。『かめや』の保もずっとOやと思てたのに献血行ったらA型で、びっくりしたゆうてたわ」

それだと体中の血液がいつの間にか総入れ替えされたことになる。そんな嘘みたいな話が本当に起こりうるのだろうか。

「なぁ、オッチャン。昔O型やったって話、ホンマ?」

阿倍野の献血ルームからまっすぐ「かめや」にやって来て、挨拶もそこそこに質問をぶつけた。

「なんやセンコちゃん。唐突やな」

強化ガラスの向こう側に座る保は、今日もセコい犯罪者みたいだ。パン一つ盗んだだけで牢獄《ろうごく》に入れられてしまったような、そんな薄幸さが漂っている。

「ゲンコに聞いてん。途中で血液型が変わったって」

「ああ。それはたぶん、最初の判定が間違うとったんや。なんでも赤ちゃんのころは抗体がちゃんとできとらんから、そうゆうこともあるらしい。だいたいボクがOやったら、雅人がABなわけないしな」

「ほな、典子オバチャンがB型?」

「せや」

メンデルの法則どおりだ。賢悟も誤判定で自分はBだと思っていたのかもしれないが、実際にはOなわけで、思い込みが千子に遺伝するはずがなかった。

BGMにはルベッツの「シュガー・ベイビー・ラヴ」がかかっていた。この場合の「ベイビー」は赤ちゃんという意味ではないが、今の千子にはそういうふうにしか聞こえない。

Yes, all lovers make, make the same mistakes as me and you
ああ、恋人たちはみんな、同じ過ちを犯すんだ。君と僕のようにね。

「ところで、典子オバチャンは?」

「ん、最近順サマよりも若い恭サマゆうのを見つけたゆうて、嬉々として出てったわ。ついでにゲンコの様子見てくるて」

「相変わらずやな」

「相変わらずやの」

典子は賢悟の幼馴染みで、芙由子とも中学からの友達だ。千子の生い立ちについて、なにか知っている可能性は高い。保だって北詰通りの出身じゃないとはいえ、この場所に三十年も座っている。

「なぁ、ゲンコがプロポーズで土下座したて、ホンマ？」

「らしいな。芙由子さんは別嬪やったもん。ゲンコとじゃ美女と野獣や。芙由子さんが大阪に戻ったゆうて典子を訪ねてきたときは、ボクも結婚早まったかもしれんて後悔したもんや」

「わたし、おかあちゃんに似とるかな」

「ああ、最近ますます似てきたな。センコちゃんもあのころの芙由子さんと同《おんな》し年か」

千子は芙由子似だと、昔からよく言われてきた。その一方で、「ゲンコに似んでよかったなぁ」とも。

「そのころのおかあちゃん、ゲンコ以外に恋人いたりとか、そうゆうのん知らん？」

「さぁ、どやろなぁ」

保の口調がのらりくらりになった。強化ガラスがなかったら、暖房にそよぐホクロ毛を引っこ抜いてやるところだ。保はこの毛を「福毛」と呼んで、案外大事にしているらしい。

表に車の止まる気配があった。続いてドアの開閉音。典子が帰ってきたのだろうか。

「なぁ、オッチャンてばぁ」

千子の背後の引き戸が開く。保が千子の肩越しにそちらを見て、視線を固定したまま言った。

た。

「せやなぁ、そうゆうことは、本人の口から聞いたらええんちゃうか」

振り返ると戸口に典子が立っており、その後ろには賢悟が、松葉杖をついて控えていた。

病院では一滴も飲まれへんかったと言って、賢悟がちびりちびりとコップ酒を舐めている。自宅の居間なのに千子はかしこまって正座をし、立会人の典子は頬杖をついて賢悟にコップ酒のお代わりを催促した。

一週間の入院予定を、賢悟は三日で切り上げて帰ってきた。そもそも左足の捻挫が全治一週間の診断で、それが治ればいつでも退院できる状態だったのだ。驚異の回復力である。

「いつまでだんまり決めとんねん。ちゃんと話すて約束したやろ」

典子が賢悟に向かって柿の種のピーナッツを投げた。緊迫した空気は店舗のほうにも伝わるのか、そろそろ夕飯どきなのに、客はほとんど入っていない。厨房のカメヤもこちらを気にしているようだ。

賢悟が口を真一文字に引き結び、いっこうに話しだそうとしないから、千子は膝を前に進めた。そのぶん、賢悟が後ずさる。不毛なおいかけっこに、「なにしとんねん」と典子がツッコミを入れた。

「おとうちゃん」千子は意を決してひと息で言った。「わたし、おとうちゃんの娘やないんやね」

賢悟は叱られた子供みたいに、しょんぼりとうつむいて唇を尖らせる。

「いんや。お前はワシの娘じゃ」

典子がため息を一つ。「ゲンコ」と励ますように呼びかける。千子は質問のしかたを変えることにした。

「わたしとおとうちゃんは、血が繋がってへんのね」

今度こそ賢悟は言葉に詰まる。唇をモゾモゾと動かして、ようやく「ああ」と頷いた。なんとなく腑に落ちる。賢悟は地黒、芙由子も少女時代は小麦色に焼けていたのに、千子は肌が弱くて日焼けをしない。賢悟に似ていなくてあたりまえだった。

「ほな、わたしの実の父親は？」

賢悟は質問に答えず、耳かきでギプスの間を掻きはじめる。ここまできてもまだ煮えきらない。それでも千子は辛抱強く待った。ぜったい引き下がらん、という気迫だけは込めて賢悟を見守った。賢悟は耳かきをそのまま耳に突っ込み、顔をしかめてほじっていたが、そうしているのも居心地が悪いのか、ついに「典子」と助け舟を求める。

「ああ、もう。けっきょくアンタゆわんのかぃな」

典子が持参の那智黒飴を投げつける。命中した額を撫でながら、賢悟は畳に落ちた飴を拾って口に放り込んだ。

「ホレ、センコちゃんもアメちゃんお食べ」

勧められるままに口に含んだ黒飴から、素朴な黒糖の甘みが溶けだす。高齢者層が好みそうな飴で、そういえばおばあやんもよく買っていた。あのおばあやんとも、実は血が繋がってへんかったんか。

「ほな、ウチが喋ってしもてもええんかな」

賢悟が使いものにならないのならしょうがない。千子は「お願いします」と軽く頭を下げた。

「芙由子が大阪に戻って、ウチに会いに来たときにはもう、お腹ん中にはセンコちゃんがいてたんや。お相手は新聞社で働いとったときの上司ゆう話やけど、名前もなんも聞いてへん。お役に立てんでゴメンな」

典子の謝ることではない。千子は首を振り、答えの予想できる質問をする。

「なんでおかあちゃんは、その人と一緒にならんと大阪に？」

「それがなぁ。奥さんも子供もおる人で」

妻子ある男との不倫の果てに、妊娠。どこかで聞いたような話だった。千子は下腹に両手を重ね合わせる。

「ただな、これだけはゆうとくで。芙由子はアンタを産むことに迷いはなかった。出産資金として『手切れ金ガッポリかすめてきたった』って、笑ろてたわ」

「ガッポリて」

たおやかに見えてオトコマエ。決して泣き寝入りなんかしない、芙由子はそういう女だった。

「ウチも雅人がお腹におったたし、腹ボテの先輩やゆうて、しょっちゅう相談に来とった。それをあそこにおるアカンタレが追っかけ回してやな、最終的にはお腹の子ぉのおとうちゃんにならしてくれって、土下座を——」

「そんなことまで喋らんでええわ、アホタレ」

ギプスの右足を投げ出して床柱にもたれかかる賢悟を、はじめて見る人のように千子は眺めた。典子への抗議にも勢いがなく、すっかり萎れ返っている。事実を知らされた千子よりも傷ついて見え、ずるいヤッちゃと唇を噛んだ。

ずっと本当のおとうちゃんだと思って接してきた。ガサツでロクデナシで金勘定すらできなくて、苦労ばかりさせられた。血も繋がっていない男のために、なにを頑張ってきたのだろう。今だって哀れっぽい様子で、テレビドラマみたいに「それでもわたしのおとうちゃんは、おとうちゃんだけ」と言ってほしい感じがにじみ出ている。甘えんのも、たいがいにせぇ。

「もしかしてこのこと、知らんかったんはわたしだけ？」

千子は典子に向かって質問を重ねた。典子は「さぁな」と首を傾げる。

「芙由子から直接聞いたんはウチと、そこのボンクラ。それからお互いの両親だけかな。せやけど子供産んだことのある人なら、産み月でおかしい思たやろ」

千子の誕生日は十二月十二日。芙由子が大阪に帰って来たのは五月半ばだったというから、それからすぐ賢悟との間に子供ができたのだとしても、未熟児で生まれているはずだ。だが千子の出生時の体重は三千百グラム。疑問に思わないほうがおかしい。

「それでもこのイチビリが、芙由子の腹がデカなってくるごとに蹴ったの動いたのと大はしゃぎしよるもんやから、誰もなぁんも言われんなった。芙由子も『やかまし』ゆうて呆れとったけど、えらい嬉しそうやったしなぁ」

鼻をすする音がすると思ったら賢悟だ。在りし日の芙由子を思い出して、泣いている。出っ張った腹に耳を押し当て、「ボコッてゆうたど！」と喜ぶさまが目に浮かぶようだった。「ワシみたいなイカツイのんに似るなよ」と言いつつ腹を撫で、芙由子に「似るわけないやん」とアッサリ返される。そんなやり取りが、いかにもありそうだった。

賢悟は唇の下まで鼻水を垂らし、「センコ、スマン」と繰り返す。「今まで騙しとって、悪かった」

しゃあない人やなぁという声が、どこからともなく聞こえたようだ。

ああ、おかあちゃんか。ホンマや。なんでこんな男と結婚したん？

芙由子の含み笑いが頭に浮かぶ。上品なのにいたずらっぽい。そんなふうに、よく笑う人だった。

——それはね、土下座されたから。そこまでして、わたしとアンタをほしいゆうてくれたからよ。

千子は傍らにあったティッシュの箱を引き寄せた。思いっきり振りかぶって、投げる。

「あだっ！」と賢悟が頭を押さえた。ちょうど角が当たったらしい。

「なにすんじゃ、お前」

「やかまし。ビービー泣くな、気色悪い」

「きしょく――」

あまりの暴言に賢悟が絶句する。少なくとも涙は止まったようだ。

「顔が汚い。早よ拭き」

千子はティッシュの箱を顎でしゃくった。賢悟が盛大に鼻をかむ。その音に典子が「うわ」と顔をしかめた。この男はホンマにしゃあない。けど、あのおかあちゃんが選んだ人だ。

「おとうちゃん」

さっきからそう呼びかけていたことに気がついた。なんや、わたし、けっきょくこの人の娘でいたいんやんか。

「なにがB型やねん、下手くそな嘘つきよって。騙されたわたしの身になってみぃ」

がくりと賢悟がうな垂れる。大柄な男なのに、妙に縮こまって見えた。

「せやけど一度引き受けたからには、最後まで責任持ってもらうし。嫁に行くまではわたし、ここに居座ったるからな！」

「センコ——」顔を上げた賢悟の目に、新たな涙が浮かびはじめる。

「なんじゃい、ゲンコ！」

「なんで怒鳴るねん、お前」

知るかい。このくらい腹に力入れて喋らな、わたしも泣きそうになるんじゃい。

「似たモン同士やなぁ」と典子が言った。

そらそうや。わたしはセンコでコイツはゲンコ。

二十七年も一緒におるんやで。

線香を手向けて手を合わせる。二階の仏間は仏壇が置いてあるだけで、狭い家なのにここだけがガランとしていた。鴨居にかかった芙由子の遺影は、いたずらを思いついた少女のような含み笑いだ。

ホンマ、最大級のドッキリをありがとう。

皮肉を込めて語りかける。足元が揺すぶられるくらいの衝撃だったのに、芙由子は「びっくりした？」と舌を出していそうだった。「血が繋がってへんから、なに？」と、あの人なら言う。ぜったいに。

隣に並ぶおばあやんの遺影は、やっぱり眠たそうだ。今ならそれが、清濁あわせ呑んだ静けさだと分かる。どこの馬の骨の子か知れない千子に、そんなことはおくびにも出さず接してくれた。町のみんなだってそう。賢悟と芙由子の娘として、千子を受け入れてくれていたのだ。
おおきに、ありがとう。
産んでくれて。
愛してくれて。
わたしにも、できるかな。
腹に手を置く千子の前で、線香の煙が風もないのに優しくそよいだ。

七　バトンタッチ

動物園前駅を出たとたん、寒風が鼻先を凍らせた。二月三日の節分は、毎年特に冷え込みが厳しい。パンツスーツの下に防寒用のレギンスを仕込んであるのに、それでもまだ足りなかった。

近ごろ冷えには気を遣っている。パンプスも踵の低いものに変えた。今日から妊娠二十週、六ケ月目に突入だ。パンツはヒップハングしか入らなくなり、そろそろ見た目が誤魔化せない。賢悟にもいいかげん打ち明ける必要があった。

マフラーを巻き直して歩きだせば、ライトアップされた通天閣が近づいてくる。産む、と決めてしまえば楽になった。不安がないと言えば嘘になるが、この町でならきっとなんとかなる。住宅地に入ると民家の玄関先に豆が散らばっていて、千子は頬をほころばせた。

「ただいま」

ラーメン「味よし」ののれんをくぐると、ほのかに湿度が上がって暖かい。午後七時とあって座席の八割は埋まっており、カメヤが忙しく立ち働いていた。

「あれ、ゲンコは？」

「さぁ」とカメヤが短く答える。額に汗が浮いていた。

「ゴメン、すぐ手伝う」

賢悟の怪我からこっち、実質はカメヤが「味よし」を切り盛りしているようなものだった。松葉杖だからほとんど戦力にならないとはいえ、賢悟はどこをほっつき歩いているのだろう。持ち帰りの仕事はあったが後回しにして、千子はキリリとエプロンの紐を結ぶ。

外の寒さも手伝って、客足はなかなか途絶えない。先日グルメサイトに載り、タウン誌の取材まで来た「味よし」は、今がまさに絶好調だ。でもこの先カメヤが東京に行ってしまったら、いくら味がよくてもフラフラと腰の落ち着かない賢悟一人ではまた売り上げが落ちてしまうだろう。だから千子は決意した。年度末で、会社を辞める。

もともと「味よし」を支えるために入った会社だ。どうせ産休を取らなきゃいけないなら辞めてしまえと辞表を出したのが一昨日のこと。慰留《いりゅう》はされたが妊娠していることを告げると、部長は目に見えてげんなりした。

「ちゅうか、いつ結婚したんやキミ。は、しとらん？　ほなこれからかいな」

そういうことにしておいた。シングルマザーになるなんて知れたら、会社中の噂の的だ。

「はぁ、どうせやったらちょっと前の、リストラんときに妊娠しといてくれたらなぁ。

キミちょっとタイミング悪いで」

いろいろと問題のある発言だったが、千子は「スミマセン」と謝った。細野が大鉈《おおなた》を振るったあとの人事部長がこの人では、会社も先が知れている。ともあれ辞表は受理された。しばらくは引き継ぎで忙しくなるだろう。

客足がようやく途絶えたのは、閉店三十分前だった。ほんの数時間の立ち仕事でもう腰がこわばっている。体が普通じゃないせいか、このごろやけに疲れやすい。腰をさすっていたら、「ちょっとそこ座って」とカメヤがカウンターを指さした。

作業をはじめたカメヤの手元を覗き込むと、まな板の上でチャーシューを切っている。やけに白っぽいチャーシューやなと思っていたら、それを数切れバットに並べ、表面をバーナーで炙《あぶ》りだしたからたまらない。脂のじゅわっと弾けるにおいが、センコの胃袋を切なくさせた。

「なにそれ、なにそれ、なにそれっ」

「鳥チャーシュー。腹減ってんならチャーシュー丼にする?」

「するっ!」

すっかり夕飯を食べそびれていた。刻みチャーシューの載ったどんぶりと、ネギを散らした鳥スープが目の前で湯気を上げている。千子は疲れも忘れて箸を取った。

「うま、うま、うまっ。鶏肉にありがちな臭みが消えてて、めっちゃ香ばしい」

「今の豚チャーシューよりこっちのほうが、ラーメンに合うかな思て作ってみた」

「困るわぁ。お客さんがさらに増えるぅ」

　このチャーシュー丼じたいも商品になりそうだった。秘伝の醬油ダレを回しかけるともう箸が止まらない。「ホンマ旨そうに食うなぁ」と、半ば呆れられながら完食した。

「コレすっごいわぁ。東京行く前に、作りかた教えてってな」

　東京の会社からオファーが来ていると聞かされて以来、千子ははじめてその話題に触れた。希望の職種に気心の知れた先輩、それにまた東京に出られるとなれば、カメヤに断る理由はない。話は前向きに進んでいるのだろうと思うと、なかなか切り出す勇気がなかった。でもいいかげん解放してあげないと。本当は「味よし」にかまけている場合じゃないはずだ。

　カメヤはチャーシューをひとつまみして、不思議そうに首を傾げた。厨房服は似合わんと言って、黒のTシャツに黒のパンツ。頭に手拭いを巻いたスタイルだ。

「あれ、ゲンコさんから聞いてない？」

「なにを」

「俺、もうここの従業員なんやけど」

「はいぃ？」

　喉がひっくり返るかと思った。いつの間にそんな話になっていたのだ。

「ゲンコさんが入院したとき、電話かかってきて。『正式に雇ったるから、まぁ頑張ってくれたまえ』って」

「なんで上から目線や、あの男」

千子のみならず、前途洋々なカメヤにまで迷惑をかけるとは。どうりで退院してから出歩く回数が増えたはずだ。

「カメヤもそんなタワゴトにつき合う必要あらへん。ええから早よ東京行く準備はじめて」

「だから、そっちはもう断ったんやて」

今度は声も出なかった。言葉が喉の奥で詰まっている。千子は水差しを引き寄せて、コップに一杯ひと息で飲んだ。

「あれ、おかしいな。カメヤはもっと利口な男のはずやったのに」

「よかったやん。そんな利口な人材が確保できて」

「いや、アンタ、ホンマ、なに考えてんの。希望の職種は？」

「うん、せやから希望どおり。ゆうたやろ、俺ラーメン屋やりたかったって」

「ゆうてたけど、でもそれは――」

「結婚しよ」

フリーズした。瞬きすらも忘れていた。処理速度の落ちた脳で「結婚、なにそれ美味しいの？」と考える。

「どこにも行かん。俺、『味よし』の三代目になる」

いや、違うわ。食いモンやない。千子は頭を抱えそうになった。細野とつき合っていたときはあんなにも妬ましかった「結婚」だ。次は結婚できる人とつき合うと、強がりまで言って別れたのに。

「なぁ、カメヤ」隣の椅子の座面を叩く。「ちょっとこっち、おいで」

カメヤが訝《いぶか》しげに厨房から出てくる。心配そうな、でもちょっとだけ期待の入り混じった顔。ああ、やっぱり好きやなぁ。「うん」って、言いたいなぁ。

「はい、コレ」

隣に座ったカメヤの手を取り、千子は腹部に導いた。服装で分かりづらくしてあるが、触ればたしかに妊婦の腹だ。カメヤが目を見開いた。

「そうゆうことやから、結婚はできません。ゴメンなさい」

みるみる顔色を失ってゆくカメヤを、千子は目をそらさずに見つめていた。カメヤは利口な男だから、この膨らみが自分の子供じゃないことくらい分かるはず。もっと早く言うべきだった。カメヤが選択を誤らないうちに。

「ホンマに、ゴメンなさい」

でもプロポーズは嬉しかった。一瞬だけ、メッチャ幸せな気持ちになれた。その落差で今はそうとう辛いけど、あの幸せを知らないほうがよかったとは思えない。

「ありがとう、カメヤ」

千子が手を離しても、カメヤはまだ腹に触れていた。

「何ヶ月？」と、尋ねる声がかすれている。

置いていた手を滑らせて、カメヤが神妙に腹を撫でる。千子もなにも言わず、好きなようにさせていた。これがカメヤの子でさえあれば、きっと幸福な光景だ。わたしはホンマに、タイミングが悪い。

どのくらいそうしていたか、カメヤが口を開きかける。女の甲走《かんばし》った喚《わめ》き声が聞こえてきたのは、そのときだった。

ハッとして顔を上げた。表の通りで女が誰かを罵倒している。すりガラスに回転する赤色灯がにじんで、パトカーが来ているのだと分かった。

「ケンカか」とカメヤが眉をひそめる。

金属的で、神経を掻き回すような女の声は、どこかで聞いたことがある。

「誰がストーカーじゃ。このコンチキチン！」

女に応酬する男の怒鳴り声で、千子は弾かれたように立ち上がった。今のは紛れもなく賢悟の声だ。外に出てみれば賢悟が側頭部に鬼のお面を引っかけて、スルメ母と言い合っていた。

「六ヶ月」

翌日、千子は会社帰りに通天閣に立ち寄った。少し一人になりたかった。五階展望台から新世界を見下ろせば、南側は胸焼けしそうなネオン街。北側は夜に打ち沈み、ジオラマみたいなあの中に、人々の息吹と悲喜こもごもが詰まっていようとは。

この景色も久しぶりだった。カメヤが傍にいるかぎり、ここにのぼる必要性が感じられなかったから。プロポーズを蹴ってしまった今となっては、弱音を吐ける場所もない。

今年に入ってまだ一ヶ月程度、なんだかやたらと目まぐるしい。スルメ母の帰還に賢悟の怪我、出生の秘密まで発覚し、子供を産む決意をしたかと思えばカメヤからのプロポーズ。おまけに昨夜の警察沙汰だ。

賢悟は退院後も、スルメを見舞うのをやめなかった。段ボールの私物が減ってゆくごとに、またスルメのところだと思ってはいたが、以前のように「よその子にかかわるな」とはもう言えなかった。言ったらそのまま我が身に跳ね返ってくる。賢悟のお節介と愛情に、自分だって救われてきたのだ。

だが一人のときを狙って行っても、スルメはかたくなに鍵を開けはしなかった。だから賢悟はインターフォンを鳴らし、高島屋とか駿河屋とか大丸とか、おばあやんがストックしてあった紙袋に入るだけの私物と、コロッケなどの惣菜をマンションのドアノブに引っかけて帰る。それが昨夜は間の悪いことに、予想外に早く帰った母親と鉢合わせしてしまったのだ。

ストーカーに襲われてる、というスルメ母の通報に、大げさなくらい警官が集まった。千子とカメヤが気づいて表に出たあとも、さらに一台パトカーが到着したほどである。警官の中にはヒロキ兄ちゃんの姿もあり、全体的なムードは賢悟に同情的だった。

なんと言っても騒ぎの張本人は、問題行動の多いスルメ母なのだ。

「せやから早くその男を捕まえてよぉ。ケーサツは、アタシが刺し殺されでもせんかぎり動かへんのか。アンタらみんな、人殺し、人殺しかぁっ」

スルメ母は「人殺し、人殺し」と誰彼かまわず怒鳴り散らしていた。集まりだしたギャラリーにも、唾を飛ばして訴えかける。

「この人、いっつもウチの前で待ち伏せしとんの。母一人子一人の心細さにつけ込んで、アタシをどうにかしようゆうねん。なぁ、助けて。見てんと助けてよぉ」

「なにをゆうとんじゃ。ワシはスルメのことが心配でっ」

「ホレ、そやって子供に取り入ろうとして。コスイ男や。ああ、コスイ、コスイ」

「なんやと、もっぺんゆうてみろらったれるらぁ」

「ま、ま、ゲンコさん。ちょっと話聞かしてもらうから、あっち行こ。な」

つられて昂ぶる賢悟をヒロキ兄ちゃんがなだめ、カメヤが「そんなら店へ」と気をきかせてのれんを仕舞う。遠ざかる賢悟の背中に向かって、スルメ母はまだ暴言を吐き続けていた。

「あの」見かねて千子が進み出る。「これ以上騒ぐんやったら、こっちも黙ってませんけど」

スルメ母は怯えた表情を作って千子を見た。この女の性質が、少し摑めたように思える。

「あの男のギプス、誰のせいでしたっけ」

立派に傷害罪だが、賢悟が「かまへん」と言うので被害届を出さずにいる。それをいいことにスルメ母は見舞いにも来ず、謝罪の意思すら示していない。

「だってそんなん、正当防衛やもん」

そうか、この女の中ではそうなっているのか。スルメ母は顔を覆って泣きだした。

「なんで弱い女が怯えとるのに、そんな責められなイカンの。やめてよもう、怖いぃ」

千子は周りを見回した。「かめや」の二階からは典子が顔を覗かせているし、ツレコミも「今日はまた飛ばしとんなぁ」と腕を組んでいる。他にいくつも知った顔を見つけ、スルメ母に向き直る。

「そういう被害者面、ここでは通用せんから諦めて、オバチャン」

この女の武器は哀れっぽさだ。周囲の同情を引くことで、相手を悪者に陥れようとする。だが他の町ならいざ知らず、北詰通りの地盤の固さをナメてもらっては困るのだ。

年輩の警官が、とりなすように間に入った。

「まぁオバチャンも落ち着いて。子供のことも、あんまし近所の人に心配かけんようにな。ホレ、ボクも怯えとる」

「オバチャン、オバチャンうるさい。アタシまだ三十一やし！」

スルメはマンションのエントランスに半身を隠し、仄暗《ほのぐら》い目でこちらを見ていた。千子が買い与えたダウンを羽織っていて、よかったと顔がほころぶ。髪はまた脂ぎって束になっており、少し見ぬ間に痩せたようだ。それになにより、表情がない。

スルメ母が警官に向かって賢悟の悪行を訴えている隙に、千子は光ハイツに近づいた。距離を読み違えると逃げられるかもしれない。野良猫を手なずける慎重さが必要だった。

「スルメ、久しぶり」

かさついた唇がひび割れて血を流している。うつろな視線で見上げられ、千子は自分の腹が重たくなったように感じた。スルメ母に共感できると、ちょっとでも思ったのが馬鹿みたいだ。

「センコ」スルメの声が嗄《か》れている。風邪をひいているのだ。「ゲンコに、もう来んなてゆうて」

スルメの気遣いが痛々しかった。風邪をひいてもおかゆさえ作ってもらえない環境にいるくせに、これ以上三好家に迷惑をかけられないと、小さな頭で考えている。ホンマはこんなに、優しい子ぉやのに。

「ムリやな」

言下に否定され、さしものスルメもうろたえたようだ。ポカンとしているところに追い討ちをかけた。

「アンタも知ってるやろ。ゲンコの聞き分けのなさは五歳児以下。わたしがゆうて聞くわけないやん」

千子はスルメに向かって微笑んだ。ゲンコの愛情、アンタに分けたろ。わたしは自分の子供にも分け与えられるくらい、もうたっぷりもらったもん。受け取るかどうかは、アンタしだいやけどな。

「それでも来てほしないんやったら、アンタが来い。ゲンコがクソまずいおかゆ、こしらえてくれるから」

あのときスルメのうつろな目に、微かに光が揺らいだ気がした。本当に来るかどうかは、五分五分だと思う。展望台の窓に不安げな顔が映っていて、千子は景気づけに両頬を叩いた。スーツ姿の女の奇怪な行動に、まばらな観光客がさっと胡乱《うろん》な目を向ける。

弱気になるな。わたしはスルメ母みたいにはならん。おかあちゃんの子ぉで、ゲンコの娘なんやから。

ビリケンさんのおみくじを引いて帰ることにした。足の裏を撫でながら、「元気な子ぉが生まれますように。ついでにゲンコの足、早よ治したって」とお願いする。ビリケンさんは酸っぱいものを食べたような顔で笑っていて、人生甘いだけやないけど笑っていこう、と言っているようだ。

おみくじの結果ははじめて引く星五つのスペシャルラッキー。ビリケンさんは「前向きになったらええことあんで」と、けっこうあたりまえなアドバイスをしてくれた。

家に帰るとテーブル席にラーメンを運んでいたカメヤが、素早く千子に目配せをした。居住部との仕切りののれんを分けると、階段側に賢悟の松葉杖が立てかけられ、靴脱ぎには脱ぎ散らかされた二十三センチのスニーカー。

居間の引き戸を開ける前に、中から「クッソまずっ!」という風邪声が聞こえてきた。

居間に床を取ってやると、スルメはたちまち眠りに落ちた。冷蔵庫にあった冷却シートをおでこに貼ると、スルメは「んん」と眉を寄せたが、すぐに規則正しい寝息を取り戻す。底の焦げついた土鍋は空になっている。賢悟のおかゆをけなしながらも、きれいに平らげてしまったのだ。

「こやってると、センコの子供のころ思い出すなぁ」

賢悟はスルメに添い寝して、布団の上から肩を撫でる。健康優良児だった千子が珍しく熱を出したのが、このくらいの年頃だ。熱があれば暑いものだと思っていたのに恐ろしく寒くて、体温の高い賢悟にしがみついて寝た。賢悟の胸板に阻まれて鼻先で蒸れる呼吸が、苦しいようでいて安心で、あのときと同じ感覚に、スルメも包まれていればいいなと思う。

「母親が帰ってくる前に戻したらな、またひと騒動になるんやない?」

「今日は仕事に行ったゆうてたから、帰りは日づけが変わってからや。昨日は飲みに出とったんやて」

スルメ母は妖怪通りに復帰したらしい。にしても風邪の息子を放置して飲み、か。それで自分を憐れまれるべき人間だと思っているのだから、なかなかいい神経をしている。

「そういやゲンコ、なんで昨日鬼のお面つけとったん」

「ん、節分やしスルメと豆まきしよ思て。ドアの前で粘っとったら、あの母親とバッタリや」

「豆まきで喜ぶ年か」

「せやけどスルメはおとうちゃんおらへんから、したことないかもしれんやないか」

賢悟の演じる鬼は、ほとんどなまはげだった。子供を脅す行事ではないのに迫真の演技で迫ってきて、千子が泣きだすと慌ててなだめた。芙由子が豆を入れる升《ます》の折りかたを教えてくれて、「年の数はキツいな」と零しながらおばあやんが豆を食う。それが千子にとっての節分の光景だった。でも誰もがそういう記憶を持って、大人になれるわけじゃない。

千子はスルメのごわついた髪を撫でた。お風呂に入れてやりたいが、熱があるから見合わせたほうがいいだろう。スルメの家は風呂場までゴミに侵食されて、使えたものではないらしい。

「男手が必要なら、ワシが結婚したってもええかな」

「ええっ」

賢悟の呟きに驚いて顔を上げた。その表情を見るかぎり、あながち冗談でもなさそうだ。スルメ母が、わたしの継母？　それはいったいどんな悪夢だ。

「なんやそのいやそうな顔」

「いやに決まっとるがな」

「やっぱり冷たいんやの」

「そらそやろ。スルメはともかくあの人と同居なんかムリ。そんなことになったらわたし、このウチ出てくし」

「なにゆうとんじゃ、アホかコラ！」

なんの前触れもなく賢悟がキレた。なにやら地雷を踏んでしまったらしい。

「お前がここを出てくんは、嫁に行くときやろが。自分でゆうたこと、責任持てぃ」

「あ、うん。そやった。ゴメン、ゴメン」

寝ているスルメを気遣ってその場しのぎにあしらったら、それもまた気に食わなかったらしい。カメヤもなにごとかと上がり口に顔を覗かせた。

「ゴメンやあらへん。ええか、安心して任せられる男が現れるまで、お前はこのウチから出さんからな！」

スルメがうるさそうに顔をしかめる。ああ、もう。起きてしまうやないの。千子はスルメにばかり気を取られていて、まさかカメヤがこのタイミングで爆弾を落とすとは思ってもみなかった。

「ほなゲンコさん、それ俺に任せてくれへん？」

頭を鈍器で殴られたような衝撃がきた。それは昨日のプロポーズ以上で、カメヤを振り返ることすらできない。口を半開きにした賢悟が千子とカメヤを交互に見比べて、大げさに唾を飲み込んだ。

「そ、そんなことになっとったんかお前ら。し、ししし、知らんかったぞ。ナハ、ナハナハ」

せんだみつおか！　というツッコミすらとっさに出てこない。スルメが「うーん」と寝返りを打って、「アホらし」と寝言を言った。

母親が帰ってくる前に、賢悟がスルメをおぶって光ハイツに送っていった。風呂から上がると本日の売り上げ計算を終えたカメヤが居間でお茶を飲んでいて、千子にも「飲む？」と聞いてくる。

「緑茶は、カフェイン入ってるから」

「ああ、そっか」

困惑を隠せない千子に対し、カメヤは平然としたものだ。千子は濡れ髪をタオルに包み、畳の上に正座した。

「なんなん、さっきの。ゲンコにあんな勝手なこと」

「勝手とかゆうな。俺なりに一晩考えたんやから」

言われてみればカメヤの目元に、うっすらとクマが浮いている。千子が妊娠していたという事実を、どう受け止めようか悩んだのだろう。

「それで出した結論が、アレ？」

「うん。土下座してでも結婚しようと思う」

カメヤはやっぱり聞いていたのだ。ここで千子の出自が語られたとき、店はかなり暇だったから。

「そんなん、カメヤのオッチャン、オバチャンにはなんてゆうたら――」

「ゆわんでええ。お前のときと違って、計算が合わんわけでもないし」

「せやけど、ぜんぜん似てへんかも」

カメヤはアッサリとした顔立ちだが、細野は彫りが深かった。

「俺もオトンと全然似てへん。なんでも、死んだじいちゃん似らしいわ」

そう言ってカメヤは、千子のフリースパジャマの腹をつついた。

「ちょうどええことにコイツには、正体不明の遺伝子上のじいちゃんがおるやないか。そいつに全部、おっ被せてしまお。どんなクソジジイかは知らんけど、そんくらい役に立ってもらわな困る」

「アンタまさか、一晩中そんなこと考えとったん？」

「そう。利口やろ」

腹に頬を寄せて目をつぶるカメヤを、アカンと突っぱねる気力はもうない。

「大丈夫。ゲンコさんにできたことが、俺にでけんはずがない」

励ますように手を握られて、懐かしい感覚が蘇った。ノストラダムスの騒動で、生駒山山頂で夜を明かしたときのこと。賢悟は笑えるほど真剣な顔をして、「世の中がどうなってもお前だけは守ったる」と、千子の手を強く握った。冗談にしかならないエピソードだが、賢悟のあの気持ちだけは本物だったはずだ。

せやけど、おとうちゃん。もうそろそろ、バトンタッチみたいやわ。

酸っぱい笑顔が頬にじわりと広がってゆく。カメヤへの返事をもったいぶって、千子はしばらくその切なさを噛みしめていた。

八　母から娘へ

新世界にも由緒正しき老舗料亭はある。各商店街の総会や忘年会に使われるその料亭に、亀田・三好の両家が顔を揃えたのは、二月半ばのよき日だった。

予約の取れた「あやめの間」には小さいながらも中庭がついていて、お約束のようにししおどしの音が響いている。気心は充分すぎるほど知れているのに、あらたまって向き合うと、案外気恥ずかしいものがあった。

「ええ、そんでは、カメヤ雅人くんと三好センコさんの婚約を祝して、カンパーイ」

グラスをぎこちなく掲げた賢悟に、典子と千子から「亀田や！」「ちねや！」とほぼ同時にツッコミが入る。このメンバーで今さら結納でもないだろうと、「ちょっとええトコ」で食事をするだけになったのだが、それでも賢悟は痛々しいほどアガッていた。

だが緊張しているのは千子も同じだ。今日のこの食事会で、ついに千子の妊娠を発表することになっていた。賢悟と一対一ではどう切り出していいか分からないからこそ、この会を計画したようなものだ。せっかくの会席も暴露のタイミングを計りながらでは楽しめず、千子はお茶ばかり飲んでいた。

「センコちゃん、ビールはええの？」

「うん、今控えてて」

「あ、そっか。なるほど」

典子に納得顔で頷かれ、一瞬ヒヤリと胸を冷やす。千子は最近ふっくらしてきたし、飲んでいるのもノンカフェインのそば茶だ。今のやり取りで経産婦の典子にはバレたかもしれない。

助けを求めてカメヤを見ると、「まだ待て」と目で返された。早く肩の荷を下ろしたいのに、料理は八寸が終わってお造りが出たところ。まだこれから焼き物、てんぷら、ご飯、止め椀、デザートと続く。

「そんでお前ら結婚式はどないすんや」

瓶ビールをグラスで三杯立て続けにあおり、賢悟は調子を取り戻したようだ。

「べつにええかな、入籍だけで」

「なんでぇ。ウエディングドレス、着ぃひんのんか？」

挙式を否定した千子に、納得いかない顔をする。

「だって、費用のこともあるし。今日かて店、休んでしもたやん」

それにお腹も日々せり出してきている。出産予定日は六月下旬で、もはやウエディングドレスどころではない。

「また金の心配か。雅人、お前はそれほど甲斐性なしか」

「いや、行員時代の貯金がそれなりに」

「ほなやったらええがな。そんでご祝儀でガッポリ稼げばええ話じゃ」

「稼ぐとか言うな、不謹慎な」

かぽーん、としおどしが鳴り響く。こんな風雅な場所にいるのに、よそ行きという気がしなくなってきた。いつもどおりのかけ合いだ。

「大層にせんでもええからやっといたら？　ええ思い出になるし」

「おう典子、ええことゆうた。そう、思い出。思い出や。芙由子んときは白無垢でなぁ、そらもうきれいやったどぉ。今思い出しても下半身うずくわ」

「下ネタかぃな」

保がツッコみ、千子は呆れて額を押さえた。冠婚葬祭なんてほどほどに済ませたがる賢悟が、今日は珍しく食い下がる。もしかしておとうちゃん、わたしのウエディングドレス姿、見たいんかなぁ。

「まぁ、式に関しては二人で相談して決めるわ。な、センコ」

「う、うん。せやね」

助け舟を出されてホッとした。こんなにいろいろ背負わせてしまってカメヤには、これからなにを返していけばいいのだろう。

「ゲンコ、嬉しかろ。センコちゃんが遠くへ嫁ぐことのうなって」

「『味よし』の三代目も確保できたし、感謝しぃや」

保と典子もいい酔い加減になってきた。カメヤはビールをそば茶に切り替えて、態勢を整えはじめている。

「オッチャン、オバチャン、それやと『かめや』はどうすんの」

「典子とも話したんやけどな、ボクらの代で廃業でええ思う。大型のリサイクルショップが台頭して、質屋ゆう時代でものうなったしな」

百五十年もの歴史がある「かめや」もついになくなるのだ。千子が生きているうちに、町はどれだけ様変わりするのだろう。

「寂しいやん、そんなん」

「まぁ、それもええがな。あの場所に『かめや』ができる前は、他の誰かがあすこで商売しとったんやろ。その前にも別の誰かが、それからもっともっと前にもな。そやってずっと、続いてんねや」

「うん。ウチ、アンタのそうゆうトコ好っきゃで」典子が保の肩にしなだれかかった。

そうか。千子が愛着を覚える町の風景は、百年前にはなかったものだ。千子の子供や孫たちは、今とはまったく別の景色を見ることになるのだろう。でもそれは、悲しむべきことではないのかもしれない。

話の流れも料理の進行も、そろそろいい頃合いだ。デザートの葛粉プリンが出たところで、カメヤがそろりと居住まいを正す。千子もつられて背筋を伸ばした。

「ええ本日は、ボクたちのためにお集まりいただきまして、まことにありがとうございました」

どうやらカメヤも緊張している。典子が「なんやの」と噴き出した。

「それでその、この場を借りて一つ、ご報告したいことが」

汗ばんできた手のひらを、千子はワンピースにこすりつける。カメヤがゴクリと喉を鳴らしてから続けた。

「センコはもう妊娠六ヶ月になります。ボクの子です。まだまだ未熟な者同士、人生の先輩として、どうかお力添えをお願いします」

当事者の千子ですら笑ってしまいそうな口上だったが、「ボクの子」と言ってくれたことに胸が熱くなる。カメヤとは、これで一生共犯者だ。千子はバルーンワンピースの下腹あたりを押さえ、腹部の出っ張りを強調して見せた。

「おお、せやったんか。おめでとさん」

「ウチはそんな気ぃしてたわ。性別はもう分かったん?」

「それは、次の検診で」

「センコちゃん顔が優しいなったし、女の子かもしらへんな」

保も典子も声を一トーン上げて喜んだ。亀田家は祝福ムードに包まれて、それに反し賢悟からは不穏な気配がだだ洩れている。カメヤを睨みつけて唸っていたかと思うと、急にテーブルを叩いて立ち上がった。

「順番が違うやろうが、順番がぁっ」

襖が震えるほどの大音声だ。カメヤは正座のままかしこまっている。

「嫁入り前の娘を腹ボテにするて、そんなだらしない男やったんか。見損なったで雅人！」

「なにゆうとんゲンコ。今日日四人に一人がデキ婚らしいで」

「典子は黙っとれらっちゃあ」

これではカメヤが悪者だ。見かねてセンコは膝を進めた。

「あんなゲンコ、違うねん。実はな——」

「ゲンコさん！」

千子の言い訳を遮って、カメヤが畳に両手をついた。

「たしかにだらしない男やけども、センコは一生大事にします。泣かすようなことがあったらボコボコにしてもらって構わへんから、どうか俺に任してください」

「ほう、ボクの息子も言うようになったなぁ」

「浪花節やねぇ」

「自分でええことゆうた思てんで、アレ」

「泣かすわ。三十年前のドラマか、ちゅうねん」

「うるさい外野！」

保と典子が茶々を入れ、感動のワンシーンが台なしになる。千子も肩が震えるのを抑えきれず、カメヤに「笑うな」と叱られた。しかし賢悟は口をへの字に引き結び、不動明王のようにたたずんでいる。

「雅人、ちょっとツラ貸せや」

ドスをきかせてそう言うと、さっさと「あやめの間」から出ていってしまった。

「カメヤ――」

「ん、ちょっと行ってくる」

おろおろする千子の前で、襖がパタンと静かに閉まる。大丈夫かなぁ。ゲンコ、かなり血ぃのぼっとったみたいやけども。

「センコちゃん、センコちゃん。この葛粉プリン美味しいで。ゲンコと雅人のぶん余ったし、食べてしまお」

息子のピンチに、典子はデザートでウキウキしている。保も満足した顔で、食後のほうじ茶をすすっていた。

「オッチャン、オバチャン、暢気《のんき》やな」

「大丈夫、大丈夫。せいぜい一発二発殴られて終わりや。眼鏡が歪んだらまた弁償してもらお。失礼、ちょっとおトイレ」

トイレに立つのになんで財布が必要なんやろと見送って、カメヤが支払うはずだった会計を立て替えに行ったんだとあとで気づいた。ちゃらんぽらんなようでいて、決めるべきところはきちんと押さえる。典子はたいした母親だった。

カメヤは痣もたんこぶも作らず、眼鏡も曲げずに戻ってきた。普段着に着替えて家で待っていた千子に、「ゲンコさんは？」と聞いてくる。

「まだ帰ってへんけど」

「そうか。じゃあ気ぃきかせてもう一軒行ったかな」

手荒いこともなく、無事和睦《わぼく》に至ったようだ。火の気のない土間は底寒く、「上がって」とカメヤを居間に招き入れた。

飲むと顔にもにおいにも出るタイプ。カメヤは先ほどよりも酒臭い。どうも賢悟に連れられて、「チェリー」で飲んでいたらしい。

「これから義父になる人や思たら緊張したわ。おかしいな、相手はあのゲンコさんやのに」

千子の淹れたお茶でひと息つくと、カメヤはスーツのまま畳に伸びた。

「シワになんで」

「ごめん、ちょっとだけ」

冷たさが心地いいのかカメヤは畳に頬をつけている。さほど強くもないのに、無茶な飲みかたをさせられたのかもしれない。せめてもの罪滅ぼしに、千子はもう一方の頬に冷えた手を当ててやった。カメヤが幸福そうに目を細める。

「ゲンコさんがな、なにがなんでもセンコにウエディングドレス着せたってくれって」

「ゴメン。ああ見えてセンチメンタルなトコあるから、ゲンコ」

「約束破ったら俺、一生『アカンタレ』って呼ばれて過ごさないかんらしい」

「過酷やな」

「うん、過酷やろ」

千子はカメヤと顔を見合わせ、ひっそりと笑った。そういうことなら挙式の段取りも考えないと。夫が一生「アカンタレ」に甘んじなきゃいけないなんて不憫すぎる。

「そんで、コレな」

カメヤが身をよじって内ポケットをまさぐった。取り出したのはグレーのベルベットを張った、手の腹に載るサイズのケース。それがなにかはひと目で分かった。

「俺から渡すようにって、預かった」

見覚えのあるリングケースだ。そっと開くと台座には、オパールの指輪が鎮座している。

千子のつけた瑕がうっすらと残る、芙由子の形見のオパールだった。

「いつの間に――」

賢悟の手で質に入れられてしまったこの指輪。請け出されていたなんて知らなかった。

「あのゲンコさんが、これだけはぜったい流させへん、ゆうて毎月律儀に利子払ろてたわ。婚約のとき芙由子さんに贈った指輪やて。そら、流されへんわな」

震える指で石の表面を撫でてみる。オパールは壊れやすいからと、芙由子はこれを特別な日にしか着けなかった。

「これ、もろてええの？」

「なにゆうとん。あたりまえや」

「だってずっと、大事やから触ったらいかんておかあちゃんが——」

千子が指輪で遊びたがると、いつもそう言ってたしなめた。ちねちゃんがお嫁に行くときにあげるからって——。

ああ、そうか。今がそのときだ。

「泣くなよ。お前、芙由子さんのことになると涙もろいな」

「アホ。こんな大事なモン、寝転んだまま渡すな」

「俺こうゆうの、恥ずかしもん」

そんな理由では許してやれない。千子は左の手の甲とリングケースを、カメヤに向かって突き出した。

「決めるトコはちゃんと決めて。典子さん見習って」

「え、なんでウチのオカン？」

カメヤはしぶしぶ起き上がり、台座から指輪を抜き取った。耳まで赤くなっているのは、酒のせいではないはずだ。突き出された千子の手を取り、薬指に指輪をはめる。そのたどたどしさがまた、泣けるくらいに愛おしい。

「ああ、もう」呆れつつも、カメヤが背中をさすってくれる。

おかあちゃん、この人です。ゲンコとは真逆のタイプやけども、実はかなり似ています。

せやからきっとお腹の子ぉも、うっとうしいほど愛してくれると思います。

「ありがとお」

涙が止まらないけど無理矢理笑った。芙由子がいつも笑っていたのは、それが賢悟にとって一番のお返しだったから。だからわたしも笑顔でいよう。幸せだよと、伝えるために。難しいときも、あるかもやけど。

九　歩んできた道

「アカン、センコ。お前は重たいモン持つな」

持ち上げようとした段ボールを、横から賢悟に奪われた。中は靴が数足入っているだけで重くはないのだが、七ヶ月に入って見違えるほど膨らんだ腹が見ていて危なっかしいのだろう。賢悟こそギプスが取れたばかりのくせに、誰よりも力仕事を張りきっていた。

最近は立ったりしゃがんだりがすぐ腰にくる。自分の引っ越しだというのにろくに手伝えず、千子は手持ち無沙汰に伸びをした。

三月の空気はわずかに埃っぽい。寒さの芯がなくなって、天気のいい日は眠たくなるような陽気に包まれる。花粉症のカメヤは地獄だと言うけれど、千子はこの時期の夜明けにも似た高揚感が好きだった。

仕事は引き継ぎも終わり、有給消化に入っている。とはいえ今日は引っ越し、一週間後には挙式と気の休まる暇もない。賢悟のごり押しで急遽《きゅうきょ》式を挙げることに決まったが、申し込みから当日まで最短一ヶ月という「お急ぎ婚プラン」なるものがあって助かった。こんなプランがあるからには、四人に一人がデキ婚という典子の情報もあながち嘘ではないのだろう。余談だが担当のウエディングプランナーさんがデキ婚を「Wハッピー婚」と呼んでいて、千子は反射的に「気持ち悪っ！」と呟きそうになった。そこまで無理矢理に幸福感を演出してくれなくてもいいと思う。

「センコ、これで全部？」

「うん、それで最後やと思う」

見てくれを度外視して防塵《ぼうじん》マスクでガードを固めたカメヤが、段ボールを二段重ねで抱えている。箱表面には「本」と油性マジックで殴り書きしてあって、そうとう重いはずだった。線の細いカメヤでもそれを二つ持てるのだから、男の人っていうのはやっぱり違う生き物なんやなぁ。千子はしみじみと、コポコポ動く腹を撫でた。

湯船でオナラをしたときのようなコポリンという感覚が、胎動だとはじめは気づかなかった。近ごろはずいぶん頻繁に動いている。夏にはペッタンコだった腹がこんなことになっているのだから、女の体もおかしなものだ。

「おう、旦那サン」

軍手をはめたツレコミがすれ違いざまにカメヤの肩を叩く。千子との婚約とおめでたを公表してから、カメヤは北詰通りの面々に会うたび「ムッツリスケベ」などとからかわれていた。それが彼らなりの祝福なのだが、カメヤがそういうノリが苦手なのもいい加減に分かってほしいものだ。

「佐々木のオッチャン、手伝いありがとう。中におにぎり用意してあるから食べてって」

「おおきに。他に男手が必要なことあったら、いつでもゆうてくれな」

「うん。でもまぁ、すぐそこやし」

カメヤの後ろ姿が斜め向かいのマンションに消えてゆく。光ハイツ二〇一号、それが千子とカメヤの新居だった。

外観こそ古ぼけてはいるが、室内はきれいにリフォームされて値段もお手頃。内見してみると光ハイツは悪くない物件だった。互いの実家とは目と鼻の先。北詰通りからも離れずに済む。

「でもそれやったら同居でええよ。オッチャンもオバチャンもよう知っとるし、カメヤのウチ広いやん」

千子ははじめ、カメヤが不動産屋からもらってきた間取り図を見て首を傾げた。スープの仕込みをカメヤに任せ、カウンターでスポーツ新聞を読んでいた賢悟が「あっほやなぁ」と顔を上げる。

「そんなん、親と同居やとやるモンやられへんからやろ。なぁ、雅人」

「アンタはなにをゆうとんねん。わたし妊婦やぞ」

「ん、妊娠中もなかなかええモンやぞ。たぶんお前の頭も何度かワシのムスコで突――」

「いやぁ。やめてぇ。最低やアンタ」

「ゲンコさん、それはさすがに俺も引く」

カメヤも寸胴鍋を掻き混ぜながらげんなりしていた。賢悟の白い厨房服に対し、こちらは黒ずくめに手拭いスタイルが定着している。

「子供のころから知ってるゆうても、一緒に暮らすとなると話は別やろ。あそこやったらゲンコさんの様子もすぐ分かるし、スルメかてすぐ上の階におる。スープの冷めへん距離ってやつや。ええと思うで」

両親との別居と目と鼻の先への転居は、カメヤなりに気を遣ってくれた結果なのだ。とはいえ一日の大半は相変わらず「味よし」にいるわけだし、新居を構えるという実感はさほどない。それどころかいよいよお嫁に行くのだという感慨すらも、なかなか湧いてこないのだった。

光ハイツの前に旧型のシーマが停まった。助手席から降りてきた女を見て、千子は目を見張る。恐ろしいほどの厚化粧だが、スルメ母に間違いない。運転席に手を振って、エントランスに入っていった。

ただいま午前十一時。スルメ曰く「おかあちゃんが昼前に起きるなんてまずない」とのことだから、朝帰りなのだろう。毎晩のように三好家に入り浸っているスルメは、昨夜も「おかあちゃんが帰る前に」と言って帰宅した。ではスルメは帰らぬ母を待ちながら、一人で夜を過ごしたのだ。

また、男か。

依存心の強いあの女は、男なしに生きていけないタイプなのだろう。今日のところは帰ってきたようだけど、またスルメを置いてふらりとどこかへ行ってしまうかもしれない。

「おう、こんなトコ突っ立って、なにボーッとしとんじゃ」

賢悟がカメヤと連れ立って戻ってきた。今見たことを喋ったら、直球勝負のこの男はすぐさまスルメ母に怒鳴り込みに行くのだろう。だから「べつに」と言葉を濁す。

「なぁ、見てくれがオバチャンやのに男がすぐできる人って、どないなってんのやろな」

「そんなモン、決まってるわ。アソコの具合が——いてっ。こっち、怪我しとったほう！」

賢悟の足をしこたま踏んで、千子は店に入っていった。全治二ヶ月のところを半分の一ヶ月で治してしまったバケモノには、人間の心の機微なんて分かりゃしない。スルメのことは、しばらく気をつけて見ていよう。どうせ今夜も遊びに来るから、晩ご飯はスキヤキにしたろかな。

食べ盛りの少年と男二人、肉は何百グラム必要だろう。引っ越し祝いも兼ねて、ちょっといい肉を奮発することにした。

だがその夜、スルメは三好家に顔を見せなかった。

賢悟が重っ苦しいため息をつく。その都度居間の気圧が下がってゆくようで、千子は「ああ、うっとうし！」と足を踏み鳴らした。

「しっかりしてや、ゲンコ。いよいよ明日は式なんやからな」

貸衣装屋から届いた賢悟のモーニングを鴨居にかける。レストランウエディングだから準礼装で充分だと言っても、賢悟はモーニングを着ると言って譲らなかった。ずいぶん張りきっていたくせに、それがこの一週間でまったくの腑抜けに成り下がってしまったのだ。原因はスルメの行方不明である。

スルメだけでなくスルメ母も失踪しているから、おそらく一緒にはいるのだ。賢悟のなりふり構わぬ聞き込みの末、光ハイツの一階に住む婆さんが、失踪当夜に母親に手を引かれて車に乗り込むスルメを目撃していた。「赤い車」と言うばかりで車種は特定できなかったが、細かい特徴を聞き出してみると、千子が目撃したシーマのことだろう。運転していたのは三十代半ばほどの男だったそうだ。

「今回はスルメを放置せんかったぶん、あの母親も少しは進歩したってことなんやないの」

「そんならええんやけどなぁ」

二つ折りのケータイを閉じたり開いたり、賢悟は覇気《はき》のない顔で天井を見上げる。

「スルメから電話の一本もないんが、おかしい思て」

スルメは自分のケータイを持っていないが、なにかあったらかけるようにと賢悟の番号を暗記させられている。平穏無事に暮らしているのなら、その報告くらいはあってもいいはずなのだ。

「相手の男しだいではスルメの立場、さらに悪なってしまうかも分からん」

そういえばあのシーマはかなり車高が低かった。その手の車に乗っている男がおしなべて人でなしとは思わないが、品行方正とも言えないのはたしかだ。

「なぁ、どないしよ」

どないしよと言われても、スルメは母親と一緒なのだから、現状が分からないかぎり他人に手出しできることはなにもない。スルメのいち友人でしかない千子たちには、捜索願を出す資格すらないのだ。

「電話がないのは、きっと元気にやっとるからや」

千子は自分にも言い聞かせるようにそう言った。賢悟が恨みがましい目を向ける。

「無責任なこと、言いよって」

「ゲンコこそ、もっとスルメのこと信じたり。ホンマにアカンようになったら、スルメはぜったいアンタに助け求めてくる。な、せやろ？」

千子がちょっと嫉妬するくらい、スルメは賢悟に懐いていた。困ったことがあれば、きっと頼ってきてくれる。

「そう、か。うん、せやな」

このところ賢悟がケータイで虐待関連のニュースばかり検索しているのは知っている。スルメの身になにが起こっているか分からないが、それでもこの状況では、希望的観測にすがるしかなかった。

「ちゅうかアンタはとっくにギプスも取れたのに、いつまで店サボッてんの。ウチの新郎、リハーサル帰りで疲れてるんですけど」

「あだだだ。だから踏むなや、右足をっ」

「いや、ええよ。ゲンコさんかさばるから、おらんほうが動きやすい」

店舗からカメヤの声がする。しょげていた賢悟が勇んで立ち上がった。

「なんやとぉ、この青びょうたんが。いっちょネギの速切り、見せたろやないかぃ」

すっかり娘婿に操縦されている。このぶんならムキになって働いてくれそうだ。

「あ、ゲンコ。晩ご飯なに食べたい？」

「カメヤに聞けや。ワシャなんでもええで」

「せやけど結婚式前夜やで、おとうちゃん」

今夜はカメヤも実家に泊まって、家族四人で夕餉《ゆうげ》を囲む。千子も最後の夜を、生まれ育ったこの家で過ごすことにしていた。

「ああ。ほな、高野豆腐」

「メインディッシュちゃうやん、それ」

「ええから、高野豆腐」

上がり口に座って長靴を履きながら、賢悟は顔を上げずにもう一度言った。

高野豆腐は簡単そうに見えて、キシキシの食感にならずに炊くのは難しい。賢悟は芙由子の高野豆腐が大好きで、おせち料理には必ず入れるようねだっていた。コツは塩分濃度の加減である。「高野豆腐さんはな、塩気よりちょっぴり甘めがご機嫌ええの」と芙由子から教わった。今夜はそれと、野菜の炊き合わせ、かきたまのお吸いモンに煮魚で、シンプルにいこう。ごちそうなら明日、たくさん出てくるのだから。

丁寧に炊いたせいか、その夜の高野豆腐はひときわうまく仕上がった。

だが賢悟は夕方ごろに「煙草買うて来る」と外に出たまま、店が閉まる時間になっても戻らない。ケータイにかけても繋がらず、そのまま翌朝を迎えてしまった。


妊娠七ヶ月でまさかマーメード型のドレスが着られるとは思わなかった。ストレッチ素材は楽ちんだし、お腹の出っ張りもさり気なくカバーされ、これでブーケを構えれば知らない人には妊婦とバレないだろう。もっとも今日の来賓《らいひん》に、妊娠を伝えていないような人はいないのだけれど。

もはや自分のものとは思えなくなったデコルテの盛り上がりをプニプニと押していると、トイレから戻ったカメヤに「なにしとんねん」と呆れられた。お互いすでに新郎新婦の姿になっており、なんだか妙に面映ゆい。それとなく視線をそらすと、鏡越しに目が合った。

「うん。メッチャきれい、やと思う」

「ええっ、そこ言いきろうよ」

メッチャきれい、で止めておけばいいものを。大阪の男は照れ屋が多くて女性を褒めるのが苦手、やと思う。それでもカメヤにしてはずいぶん頑張ってくれたほうだ。

「ゲンコさん、まだ連絡つかんの？」

「うん」

千子は声を曇らせた。純白のウエディングドレスも生花をあしらったヘアセットも、肌に馴染んだメイクも飾り立てられた式場も、千子の心を浮き立たせるには不充分だ。だって、賢悟の行方が分からない。

「なぁに、いざとなるとセンコちゃんを嫁に出すんが悔しなって、どっかで酔い潰れてしもたんやろ。ワシが探して連れてったるから、センコちゃんは早よ行きや」

朝九時には会場入りしなければいけない千子に、ツレコミはそう請け合ってくれたけど、「ゲンコ発見」の一報はまだ入らない。どこかで酔い潰れたとしても賢悟は毎朝神サンの水を取り替えることだけは怠らないのに、いったいなにがあったのだろう。

「センコちゃん」控え室の入り口から、留袖姿の典子が顔を覗かせた。声をひそめて「ゲンコは？」と尋ねる。

千子のかんばしからぬ反応を見て、「まだか」と当惑顔になった。

「ボチボチお客サンも集まっとんで。なにをやっとんじゃ、アイツは」

あとから保と正子も入ってくる。賢悟がどうしても着ると言い張ったせいで、保も合わせてモーニングコートを着ていた。

ドレッサーの上に置いたケータイが震えている。ツレコミからの着信だ。

「ゲンコは?」通話ボタンを押すなり、嚙みつくように聞いていた。ふとできた一瞬の間が、結果をすでに悟らせる。

「そっちにもまだ行ってへんのか、弱ったな。アイツの行きそうなトコひととおり当ってみたんやけど、誰も見てないらしいねや」

「そう。そうか。オッチャン、ゴメンな」

「もうちょっと探してみるわ」

「ううん。オッチャンももうこっち来て。間に合わんようになるし」

この会場は淀屋橋《よどやばし》駅から歩いて十分はかかる。新世界を今から出ても、すでにギリギリのラインだった。電話を切って千子は両手のひらに視線を落とす。自分でも制御できないくらいに震えていた。心の中で押し潰せなかった不安が、喉を通って言葉になった。

「ゲンコ、死んどったらどないしよ」

「はぁ?」と、亀田家が声を合わせる。

「しょっちゅうゆうとったもん。お前が嫁に行くまで生きてりゃええって。なぁわたしゲンコの肩の荷、一気に下ろしてしもたんちゃうかな」

「いやいや、なんでやねん」

震える手をカメヤが上から握り込む。それでも不安は治まらない。

「ゲンコは、わたしをおかあちゃんから預かっとったただけやもん。店の跡継ぎまで見つかったし、あの人もうやることないやん。死んでへんにしても、どっかに姿くらまして——」

「そんなわけないやろ。ゲンコさんはどこにも行かんよ」

「だって、血が繋がってへん！」

喉が張り裂けそうな勢いで叫んだ。涙があとから湧いてくる。「これでお役御免や」と言って、ちっちゃい羽でパタパタと飛んでゆく賢悟が頭に浮かんでいた。

「センコちゃん」

典子がバッグからハンカチを取り出し、目頭を押さえてくれる。白いハンカチにマスカラがしみるのを見て、ウォータープルーフやったんちゃうんかぃと、ヘアメイクに腹が立った。

「そらこんな状況、パニックにもなるわな。せやけどな、血ぃ繋がっとっても子供を捨てられる親はおるし、繋がってなくても実の子以上に愛せる男もおる。アンタをこんなええ子に育ててくれた奴のこと、もうちょっと信じたらんか？」

そうだった。千子だって昨日、似たようなことを賢悟に言ったのだ。もっとスルメのことを信じたれ。血の繋がりなんかなくたって、大事は大事、好きは好き。愛情はなんも、変わらへん。

「たぶんどっかで下手こいとんねん。そのうち参った参ったゆうて来るわいな」

「ほんなら、ほんなら、事故に遭うたんかも！」

「ハイハイ、ちょっと落ち着き。ダンプにひかれたかて、アイツは死なへん。芙由子みたいに可憐ちゃうしな」

典子に背中を撫でられても落ち着けなかった。保と正子は困ったように顔を見合わせ、カメヤもセットされた髪の中に指を突っ込んで困っている。そこに軽快なノックの音が響き渡った。

「失礼しまーす。わたくし、本日のアテンドを務めさせていただきます河原《かわはら》と――。あら、いやだ」

河原と名乗った若い女性が慌てて千子に駆け寄ってくる。黒のパンツスーツにひっつめ髪、決して出しゃばらないが知性の漂っているメイク。結婚式場のアテンドスタッフらしい属性を備えていた。

「ご家族に囲まれて、もう感動しちゃったんですか。お顔が崩れますから、もうちょっとだけ我慢してくださいねぇ」

典子からハンカチを奪い、笑顔を浮かべて涙を拭いてゆく。千子は口元を引き結び、それ以上の涙を気合いで止めた。

「えっと、それでは式の進行を説明させていただきます。まずは新婦のお父様――」

河原が室内の面子を見回すも、もちろん誰も返事をしない。河原の笑顔が引きつった。

「あ、っと、お手洗いですかね」

その場にいる誰もが事情を説明する気も起きず、銘々黙ってうつむいている。返答を求めてキョロキョロしている河原が痛々しくて、千子は「やめようや」と呟いた。

そうだ、賢悟が来ないのなら意味がない。そもそも千子にウエディングドレスを着せたがったのは賢悟なのだ。会場だって、レストランながら十二メートルのバージンロードを備えたチャペルがあるというからここに決めた。純白のドレスを着て賢悟の隣を、少しでも長く歩いていたかったから。

でもそんなん全部、おとうちゃんおらんかったら意味がない。

千子はカメヤを振り返った。カメヤは椅子に座った千子を、穏やかに見つめ返してくる。

「わたし誰とバージンロード歩いたらええのん？　な、式なんかやめてしまお」

「うん、センコがそうしたいんなら俺はええよ」

千子は泣き顔を強引に笑顔に変える。カメヤなら、きっとそう言ってくれると思った。

「あの、お父様が間に合わないようでしたら、どなたかご親戚の方に代理をしていただくことも」

ハイそうですか、と引き下がれない立場の河原が、善後策を提案した。

「おらんし、いらん。代理なんか」

「でも――」

「わたしのおとうちゃんは、ゲンコだけやもん」

千子の剣幕にはさすがにうんざりしたようだ。河原は「勝手にせぇ」と言わんばかりに部屋の隅に移動して、結論が出るのを傍観しはじめた。保が困り果てたように頬を撫でる。

「せやけどもう、お客さん集まってしもてるしなぁ」

「まぁどうせいつものメンバーやし、料理はあるんやから親睦会ゆうことにしてしもたら？」

「うーん。せやなぁ、そうするかぁ」

「アタシは引き出モンの冊子がもらえたら満足や」

「えっ。あらへんで、おかあちゃんの分なんか」

正子の大ボケというオチまでつけて、みんなが千子のわがままを受け入れようとしてくれている。彼らのこうむる迷惑にようやく思い至り、千子は「ごめんなさい」と頭を下げた。

「しゃあない。俺らみんな、お前がどんだけファザコンかよう知ってるし」とカメヤが言う。

ファザコンはよけいやと思ったが、文句を言える立場でもなく黙っておいた。

騒動がおさまると、壁にもたれていた河原が「それでは」と身を起こした。

「予定を変更して親睦会、ということでよろしいですね」

「はぁ。あの、怒鳴ったりしてすみませんでした」

「ええんです。慣れてます」

これっぽっちも「ええんです」とは思っていない口調で言って、河原は踵《きびす》を返した。

ドアノブに手を伸ばしたところで、そのドアが向こう側から勢いよく開く。ノックもなしに飛び込んできたのはツレコミだった。なんとライラック色のスーツを着ている。

「おやまぁ、センコちゃん。見違えたなぁ」

緊迫した表情だったのに、ツレコミは千子を見るなり目尻をゆるめた。ドアの開閉とともにウエイティングルームのざわめきが紛れ込み、それが必要以上の騒がしさだった。

「なにオッチャン、どうしたん」嫌な予感がして千子は立ち上がる。

「おう。ゲンコ、パトカーに送られて到着したで」

「パトカー？」

事態がまったく把握できない。色留袖の朱美に先導されて現れた賢悟を見て、千子は思わず悲鳴を上げた。

「なにそれ、どないしたん」

ゲンコツで殴られたのか、口元が切れて痣になっている。目にクマがあり、無精ヒゲも生え、しかも昨夜出かけた厨房服のままだ。その背後からひょっこり姿を現した少年に、千子は「スルメ！」と再び声を裏返らせた。

「新婦のお父様ご到着。で、よろしいですか」

もはや表情を取り繕おうともせず、河原がいまいましげに眉を持ち上げた。

「どこ行ってたん、なにしてたん？　スルメまでいったい、なにがあったん？」

問い詰めればきりがない。それに今は時間もない。

「お衣装、こちらにも数点ご用意がございますけど——」

貸衣装を提案しかけた河原も、賢悟の巨体を見上げて途中で口をつぐんでしまう。身長百九十近い男のモーニングなど、おいそれと用意できるはずがない。千子はしばらく考えて、スルメの肩に手を置いた。

「子供用はありますか。この子のだけ、貸してください」

「ええ、それでしたら」

河原が頷くのを見て、千子は「来て」と賢悟の腕を取る。ドレッサーの椅子に座らせて、口元にコンシーラーを塗り込んでいった。

「いててて。なんじゃこりゃ」

「痣隠し。ええから逃げずにこっちを向け」

千子の気迫に賢悟も抵抗できないようだ。怒りに任せ、わざと強くスポンジをこすりつけてやった。

「あ、河原さん。ついでに厨房からおたま借りてきてくれませんか」

「おたまって、なにすんじゃ」問いかけたのは河原ではなく、賢悟である。

「演出。こうなったらもう、笑い取らなしゃあないやん」

遠目ならなんとかなる程度に痣は隠れた。髪は坊主に近い短髪だから問題はない。

「カメヤ、ヒゲ剃り！」

「はいよ」

千子はカメヤから受け取った電動シェーバーを、賢悟の顎に滑らせてゆく。周りを見回すと典子と正子がスルメの支度を手伝ってくれていた。

「スマンな、センコ」

まったくだ。

「そんなひとことで済ませられる思てんの。あとでじっくり、わけ聞かせてもらうからな」

「はぁ、スンマセン」

賢悟のヒゲを剃ってやるなんてはじめてだった。頭はごま塩になってきたなぁと思っていたが、こうして見るとヒゲにも白いものが交じっている。

「なぁ、センコ」

「ん？」

「きれえやな」

大阪の男は照れ屋が多い。

だからこんな直球で、褒めてもらえるとは思わなかった。

「おかあちゃんに似て？」

「ああ、くりそつや」

目の前の賢悟の顔がにじみだす。おたま片手に戻った河原が、「ああもう、だからまだ我慢しとってください」と、ひっつめ髪を掻き回した。


観音開きの扉の前にスタンバイして、千子は「左からな」と賢悟に耳打ちをした。

「お、おう。ひ、左な」

アカン。すでにガチガチに緊張しとるこの人。

後ろを振り返ると河原が浅く頷いた。ウエディングマーチが流れはじめ、左右についた男性スタッフが、取っ手を引いて扉をこちら側に開く。満場の拍手に迎えられ、千子は一歩を踏み出した。

あ、いきなり右から行きよった。

まず左足を出し、両足を揃え、次に右足を出し、揃え。その繰り返しだと叩き込んだはずなのに、賢悟はどうやら頭が真っ白だ。しょうがないなぁ、もう。わたしが合わせるしかないやんか。

客席がざわめき、笑い声に変わってゆく。千子をエスコートするのは、いつもの厨房服と長靴に、おたまを構えた賢悟である。「なんでやねん」というツッコミがどこからか聞こえてきた。

バージンロードの先にいるカメヤに、賢悟の手から千子とおたまを引き渡してもらうのだ。娘と「味よし」をよろしく、という意味を込めての演出だった。北詰通りの人たちならば、こんな非常識も「アホかいな」のひとことで笑い飛ばしてくれるだろう。

「喫茶マドンナ☆」のマスターと道子が、一番手前で微笑んでいる。留美はちょっと笑いすぎで、その隣に困惑顔の旦那さんが、子供を抱いて立っている。ツレコミ、朝から走り回らせてゴメンなさい。朱美のニヒルな笑顔は色留袖に似合いすぎだ。スルメはチャペルの雰囲気に呑まれて呆然としており、新婦側の最前列にいる芦屋の母娘はすでにこちらを見ていない。亀田家にはネタバレしていたはずなのに、典子は賢悟の緊張ぶりを指さして大笑いしていた。

「おとうちゃん、もうちょっとゆっくり」

千子の囁きかけが届いたようで、賢悟は背筋を強張らせたまま歩くスピードをわずかにゆるめた。カメヤが祭壇の前で待ち構えている。こちらも頰のあたりに緊張が張りついていた。

待ってな、カメヤ。すぐに行くから。でもゴメン、ちょっとだけ待ってな。

ゆるやかになった賢悟の歩調より、千子はさらにスピードを落とす。大丈夫、ウエデイングマーチはまだ終わらない。
一歩一歩を踏みしめた。十二メートルはあまりに短い。
だから、ゆっくり。もっと、ゆっくり。
あと五秒だけ、待っててな。

十　家族のこと

寝ても寝てもまだ眠い。四月後半の陽気が拍車をかけるのか、かつてないほどの眠気が千子に襲いかかっていた。

賢悟が神棚に向かって柏手を打ち、カメヤは鍋でスープを煮ている。そんないつもの光景の中、レジの脇に椅子を置いてウトウトしているなんて、まるでおばあやんになったみたいだ。

「うぎゃーっ」という絶叫と二階からのけたたましい足音に、千子はひとまず顔を上げる。

「センコ、なんで起こしてくれへんねん」

スルメの寝癖はいつ見ても豪快だ。千子の寝ぼけ顔を見て、「おばあやんそっくりや」と悪たれ口をきく。自分でもそう思っていただけに、千子はムッと唇を尖らせた。

「スルメ、どうせ遅刻なんやったら、朝メシ食うてから行け」

賢悟が居間のほうを顎でしゃくった。スルメも朝イチの健全な空腹感を思い出したようで、「それもせやな」と食卓に向かう。六年生になって、スルメはまた背が伸びたようだ。クラスに友達ができたらしく、新年度からまともに学校に通っている。

千子の結婚式前夜のこと、賢悟のケータイに「おかあちゃんと男が帰ってきた。なんや壊れとって怖い！」とスルメからのＳＯＳが入った。

母親とその男はスルメを部屋に置き去りにしたまま遊びに出ていたが、どうやら覚せい剤でおかしくなって戻ってきたらしい。賢悟が部屋に踏み込んだとき、スルメ母は半裸で米びつを引っ掻き回し、「ヤバい、ヤバい」とヘラヘラ笑っていたそうだから、スルメの覚えた危機感たるや計り知れないものがある。

男は男で被害妄想にとらわれて、賢悟を警官と勘違いして殴りかかった。不意打ちで一発食らったものの、賢悟も若いころはケンカで鳴らしたクチである。痩せこけたシャブ中の若造がかなうはずもなく、ついに刃物を持ち出したところでスルメが一一〇番をした。

警官がかけつけて事態が収束してからも、賢悟は事情聴取や尿検査やらでなかなか解放されなかった。のちにヒロキ兄ちゃん相手に「あそこの署はワシのことまでシャブ中扱いしよった」と愚痴っていたくらいだから、よほどしつこかったのだろう。疑いが晴れてからはごねまくって式場までパトカーを出させ、あとは千子も知るとおりである。

スルメ母は前の男のときにも覚せい剤で捕まっており、累犯《るいはん》でしばらく表に出てこられなくなった。賢悟はスルメを母親から引き離し、養子にする術を模索中である。

ホンマにそれでええんやろかと、思わないでもない。なによりスルメ母が出所してからまた一悶着ありそうだ。でもそのころにはスルメはもっとたくましく成長していて、自分で納得のいく選択ができるようになっているだろう。

血の繋がりだけが家族じゃない。それはゲンコがすでに実践して見せてくれた。カメヤだってそうだ。スルメは必ず、幸せになる。

「センコ、給食袋は？」

朝食を済ませたスルメが、上がり口から声を張り上げる。まったく朝から騒々しい。

「知らんで。アンタそれ、ちゃんと洗濯モンに出したん？」

「あっ！」

洗い物は洗濯籠に入れておけって、いつも言っているというのに。千子はやれやれと額を撫でる。

「超特急で仕上げて、昼までにゲンコに持っていかす」

「さっすがセンコや！」

スルメは近ごろ、人を持ち上げるというテクニックを覚えた。給食袋などの白いものを汚さなくなった代わりに、水彩画を描くようになっている。そんなスルメの絵を、賢悟は「ピカソの再来や！」と手放しに褒めた。三好家の居間に、スルメが絵画でもらった賞状が飾られる日も近いかもしれない。

「スルメ？　そうか、ノシイカ入れてみよ」

スープの味見をしていたカメヤがなにやらひらめいた。カメヤはただ今、季節限定ラーメンの開発に余念がない。鳥ラーメンはそれ一本でやっていけるくらいに旨いのだが、「たまには違う味に浮気したいゆう常連の心を、他の店にそらさせんため」の戦略なのだそうだ。「季節限定」という単語にも、カメヤの策士ぶりが窺える。

さてと。スルメの給食袋、大急ぎで洗ったらな。でも、またまぶたがとろんと落ちてくる。なんやろコレ。妊婦はみんなこんなに眠いモンなんかなぁ。

腹を内側からトントンと叩かれて、千子はうっそりと微笑んだ。近ごろは手足の形が浮き出るくらいに叩かれて、痛いと感じることもある。性別は一応女の子らしいのに、このぶんだとそうとうな跳ねっ返りに育つかもしれない。もっともそのくらいでないと、ここの男たちのノリにはついていけないだろうけど。

「センコ、味見して」

「どないしよセンコ、体操着も洗うん忘れた」

「なぁセンコ、ワシの靴下、軒並み穴あいてしもうとるんやが」

ああもう、センコ、センコ、センコ、センコてうるさい。ちょっと待ってや。わたしは今、自分の娘との静かな対話を楽しんで――。

ドスッ、と鈍い衝撃が体に伝わる。

娘の会心の蹴りを胃袋に食らって、千子は「うっ」と喉を詰まらせた。

解説――作家・坂井希久子の原点

北上次郎《きたかみじろう》（文芸評論家）

坂井希久子の小説誌デビューは、オール讀物2008年11月号（新人賞を受賞した「虫のいどころ」）だと思っていたら、小説宝石の同年8月号に掲載された「想い出ひらり」が最初だったという。ちなみに同作は山村教室年間最優秀賞を受賞した作品とのことだ。

そのころから坂井希久子を読んでいれば今になって自慢できるのだが、私、そんなにエラくない。初めてこの作家を知ったのは、2012年に刊行された本書を読んだときである。そのときは「筆力のある人なので、今後が楽しみな作家といっていい」と新刊評に書いた。

こうなると新作が出るたびに追いかけるもので、介護福祉士の畠山梓《はたけやまあずさ》27歳の自分探しを描く長編小説『迷子の大人』（文庫化にあたり『恋するあずさ号』に改題）、異色の野球小説『ヒーローインタビュー』と、書店でこの作家の新作を見かけるとすぐに手に取り、読みふけった。この二作ともに素晴らしいことをまずは書いておく。

たとえば、『迷子の大人』は特に第1話がいい。梓の同級生と結婚して生家の鰻《うなぎ》屋を継いだ兄のこと、仕事をやめて専業主婦になってほしいと恋人の覚治《かんじ》が思っていること、ホームヘルパー先の星子《ほしこ》さんは九十近いおばあちゃんで、いろいろなことを教えてくれるから大好きなこと、にもかかわらず星子さんから担当替えの要請があったこと、失意のまま列車に乗って上諏訪《かみすわ》で降りたものの涙が止まらないこと、汗くさい男が突然現れて民宿に連れていってくれること、そこがまた感じのいい家で縁側に坐《すわ》っているだけで眠くなってくること——そういう一日を描く短編だが、過不足なく情報を盛り込み、しかも情感たっぷりで読ませる。

『ヒーローインタビュー』もなかなかにいい。こちらはスター選手ではなく、二軍の帝王と言われた一人の野球選手の人生を、理髪店の女主人、球団スカウト、チームメイト、ライバルチームのベテラン選手、幼なじみ——この五人が語るという構成に留意。つまり、インタビュー構成で一人の野球選手の人生を描いていくのだ。記憶に残る選手だけが野球をやっているのではないという真実が、ここから浮かび上がってくる。

本書『泣いたらアカンで通天閣』を読了したときの、「筆力のある人なので、今後が楽しみな作家といっていい」という感想が的外れではなかったことは、この二作で証明されているといっていい。この作家は着実にうまくなっている。

もっともこれはあまり自慢できない。本書を読めば誰だって坂井希久子が「筆力のある作家」だと納得するだろう。私だけが「発見」したのなら自慢もできるが、そうではないのだ。ま、それはいいけど。それでは本書はどんな内容だったのか。小説の内容を紹介しすぎてしまうと読書の興を削いでしまうので、ここでは控えめに紹介したい。

これは大阪の下町商店街に店をかまえる「ラーメン味《み》よし」の一人娘センコを主人公

にした物語だ。通天閣より南側は近年のレトロブームに乗って串カツの街として生まれ変わり大賑わいだが、「ラーメン味よし」のある北詰通《きたづめどおり》商店街は新世界の北の端っこ。住人以外はほとんど通らない横町で、シャッターが目立つ寂しげな一角だ。

センコの母は、センコが小学三年生のときに交通事故で亡くなり、その後は父親そしておばあちゃんとの三人暮らし。この父親が問題で、しょっちゅう店を放って遊びに行ってしまう。センコは商事会社で働いているので、その間の店番はおばあちゃんだ。ところがこのおばあちゃん、反応が鈍くて客がきてもなかなか立ち上がらず、どうにかラーメンを作っても麺は茹ですぎスープは冷めきり、ただでさえまずいと評判の店なのに客足はますます遠のいていく。

二十六歳のセンコは十歳年上の上司、細野《ほその》と付き合っている。問題は、大阪に単身赴任の細野には東京に妻子がいることだ。そういうセンコの日々が描かれていく。

彼女はヘコむと通天閣にのぼる。それが幼いときからの彼女の癖だ。高校受験に失敗したときも、初恋の相手にふられたときも、そして母親が死んだときも、通天閣にのぼって一人で泣いた。

内容紹介はここまで。このあとの展開は書かないでおく。ようするに、通天閣が見下ろす大阪・新世界を舞台にしたヒロイン小説であり、家族小説であり、人情小説だ。たっぷりと読ませて飽きさせない。

本書が刊行されたとき、新刊評を私が次のように結んだことは書いておきたい。

「不幸ではないけれど幸せでもない。周囲にいる人間もそうだ。幼なじみのカメヤは質屋の息子だが、せっかく勤めた銀行をやめて実家に戻ってくる。母親に捨てられた小学五年の翔太《しょうた》がいつもスルメをかじっているのは、しつこく噛んでいられるからだ。通天閣の街に住むそういう人間たちを、作者はやさしく描いていく。騒々しくて、喧嘩ばかりしてて、元気があり余っているようでいて実は淋しくて、そういう日々だ。はたしてセンコは、そして彼らは、幸せになるんだろうかと、つい読みふけってしまうのである」

なんだかこれ一作で終わるのはもったいないような気さえする。この「味よし」を舞台にしてシリーズものが出来るのではないか、と考えたこともある。個性豊かなわき役たちが多く登場するので、それらのさまざまなドラマを描いていけば、通天閣の街を舞台にした下町シリーズが出来るのではないか。続編を書く気があるのかどうか、著者に確認もせずにこんなことを書くのも何なのだが、私と同じように考えている読者も多いような気がする。

2015年5月に、『ウィメンズマラソン』という傑作を著者が上梓していることも触れておこう。こちらは書名でわかる通りマラソン小説だが、いやあ、読ませる。『ヒーローインタビュー』は異色のスポーツ小説だったが、こちらは正統派で、ぐいぐい押しまくる。内容紹介をしたいところだが、ぐっと我慢。坂井希久子の傑作であると、ここでは書くにとどめておく。

そうか、『ウィメンズマラソン』のヒロインは、本書の主人公センコなのかもしれない。負けず嫌いで、真っ直ぐで、ひたすら前を向いているけど時々間違えたりもして、人情に弱くて、涙もろくて——そんな性格はセンコそっくりだ。センコはこうして他の作品でも生きつづけている。本書の続編を著者が書かないのは、センコがこのように他の作品に名前を変えて出没するためなのかも。その意味で、本書は坂井希久子の原点といってもいいかもしれない。

日本音楽著作権協会（出）許諾第一五〇七二二五−五〇一号

（この作品『泣いたらアカンで通天閣』は平成二十四年五月、小社から四六判で刊行されたものです）

泣いたらアカンで通天閣

一〇〇字書評

切り取り線

購買動機（新聞、雑誌名を記入するか、あるいは○をつけてください）	
□（　　　　　　　　　　　　　　　）の広告を見て	
□（　　　　　　　　　　　　　　　）の書評を見て	
□ 知人のすすめで	□ タイトルに惹かれて
□ カバーが良かったから	□ 内容が面白そうだから
□ 好きな作家だから	□ 好きな分野の本だから

・最近、最も感銘を受けた作品名をお書き下さい

・あなたのお好きな作家名をお書き下さい

・その他、ご要望がありましたらお書き下さい

住所	〒				
氏名		職業		年齢	
Eメール	※携帯には配信できません	新刊情報等のメール配信を 希望する・しない			

この本の感想を、編集部までお寄せいただけたらありがたく存じます。今後の企画の参考にさせていただきます。Eメールでも結構です。

いただいた「一〇〇字書評」は、新聞・雑誌等に紹介させていただくことがあります。その場合はお礼として特製図書カードを差し上げます。

前ページの原稿用紙に書評をお書きの上、切り取り、左記までお送り下さい。宛先の住所は不要です。

なお、ご記入いただいたお名前、ご住所等は、書評紹介の事前了解、謝礼のお届けのためだけに利用し、そのほかの目的のために利用することはありません。

〒一〇一‐八七〇一
祥伝社文庫編集長　清水寿明
電話　〇三（三二六五）二〇八〇

祥伝社ホームページの「ブックレビュー」からも、書き込めます。
www.shodensha.co.jp/bookreview

祥伝社文庫

泣《な》いたらアカンで通天閣《つうてんかく》

平成27年7月30日　初版第1刷発行
令和4年6月25日　第2刷発行

著　者　坂井希久子《さかいきくこ》

発行者　辻　浩明

発行所　祥伝社《しょうでんしゃ》
東京都千代田区神田神保町3-3
〒101-8701
電話　03（3265）2081（販売部）
電話　03（3265）2080（編集部）
電話　03（3265）3622（業務部）
www.shodensha.co.jp

印刷所　萩原印刷
製本所　ナショナル製本
カバーフォーマットデザイン　芥　陽子

Printed in Japan ©2015, Kikuko Sakai ISBN978-4-396-34132-9 C0193

祥伝社文庫の好評既刊

坂井希久子　泣いたらアカンで通天閣

大阪、新世界の「ラーメン味《み》よし」。放蕩《ほうとう》親父ゲンコとしっかり者の一人娘センコ。下町の涙と笑いの家族小説。

坂井希久子　虹猫喫茶店

「お猫様」至上主義の喫茶店にはワケあり客が集う。人生、こんなはずじゃなかったというあなたに捧げる書。

宇江佐真理　おうねぇすてぃ

文明開化の明治初期を駆け抜けた、若い男女の激しくも一途な恋……。著者、初の明治ロマン！

宇江佐真理　十日えびす　花嵐浮世困話《はなにあらしのよのなかこんなもの》

夫が急逝し、家を追い出された後添《のちぞ》えの八重《やえ》。実の親子のように仲のいいおみちと日本橋に引っ越したが……。

宇江佐真理　ほら吹き茂平《もへい》　なくて七癖あって四十八癖

うそも方便、厄介ごとはほらで笑ってやりすごす。江戸の市井《しせい》を鮮やかに描く、極上の人情ばなし！

宇江佐真理　高砂《たかさご》　なくて七癖あって四十八癖

倖せの感じ方は十人十色。夫婦の有り様も様々。懸命に生きる男と女の縁《えにし》を描く、心に沁《し》み入る珠玉の人情時代。

祥伝社文庫の好評既刊

山本一力
大川わたり
「二十両をけえし終わるまでは、大川を渡るんじゃねえ……」――博徒親分と約束した銀次。ところが……。

山本一力
深川《ふかがわ》駕籠《かご》
駕籠《かご》舁き・新太郎は飛脚《ひきゃく》、鳶《とび》の三人と深川↕高輪往復の速さを競うことに――道中には様々な難関が！

山本一力
深川駕籠 お神酒《みき》徳利
尚平のもとに、想い人・おゆきをさらったとの手紙が届く。堅気《かたぎ》の仕業ではないと考えた新太郎は……。

山本一力
深川駕籠 花明かり
新太郎が尽力した、余命わずかな老女のための桜見物が、心無い横槍で一転、千両を賭けた早駕籠勝負に！

門井慶喜
かまさん 榎本武揚《えのもとたけあき》と箱館《はこだて》共和国
最大最強の軍艦「開陽《かいよう》」を擁して箱館戦争を起こした男・榎本釜次郎《かまじろう》武揚。幕末唯一の知的な挑戦者を活写する。

門井慶喜
家康、江戸を建てる
湿地ばかりが広がる江戸へ国替えされた家康。このピンチをチャンスに変えた日本史上最大のプロジェクトとは！

祥伝社文庫の好評既刊

西條奈加
御師弥五郎《おんしやごろう》 お伊勢参り道中記

無頼の御師が誘う旅は、笑いあり涙あり、謎もあり——騒動ばかりの東海道をゆく、痛快時代ロードノベル誕生。

西條奈加
六花落々《りっかふるふる》

「雪の形を見てみたい」自然の不思議に魅入られて、幕末の動乱と政に翻弄された古河藩下士・尚七の物語。

西條奈加
銀杏《ぎんなん》手ならい

手習所『銀杏堂』に集う筆子とともに成長していく日々。新米女師匠・萌の奮闘を描く、時代人情小説の傑作。

宮本昌孝
風魔〈上〉

箱根山塊に「風神の子」ありと恐れられた英傑がいた——。稀代《きたい》の忍びの生涯を描く歴史巨編！

宮本昌孝
風魔〈中〉

秀吉麾下《きか》の忍び、曾呂利新左衛門《そろりしんざえもん》が助力を請うたのは、古河公方氏姫《こがくぼううじひめ》と静かに暮らす小太郎だった。

宮本昌孝
風魔〈下〉

天下を取った家康から下された風魔狩りの命——。乱世を締め括《くく》る影の英雄たちが、箱根山塊で激突する！

祥伝社文庫の好評既刊

宮本昌孝
風魔外伝
化け物か、異形の神か——戦国の猛将たちに恐れられた伝説の忍び——風魔の小太郎、ふたたび参上！

宮本昌孝
陣借り平助《へいすけ》
将軍義輝《よしてる》をして「百万石に値する」と言わしめた——魔羅賀《まらが》平助の戦《いくさ》ぶりを清冽に描く、一大戦国ロマン。

宮本昌孝
天空の陣風《はやて》
陣借り平助

陣を借り、戦に加勢する巨軀の若武者平助。上杉謙信の軍師の陣を借りることになって……。痛快武人伝。

宮本昌孝
陣星《いくさぼし》、翔《か》ける
陣借り平助

織田信長に最も頼りにされ、かつ最も恐れられた漢《おとこ》——だが女に優しい平助は、女忍びに捕らえられ……。

宮本昌孝
ふたり道三 ㊤
戦国時代の定説に気高く挑んだ傑作誕生！　国盗りにすべてを懸《け》けた、ふたりの斎藤道三。壮大稀有な大河巨編。

宮本昌孝
ふたり道三 ㊥
乱世の梟雄《きょうゆう》と呼ばれる誇り——止むことのない戦の世こそが己の勝機。いかに欺《あざむ》き、踏みつぶすかが漢《おとこ》の器量！